U0857160

抒情年代

阮绍刚 著

東方出版中心

图书在版编目（CIP）数据

抒情年代 / 阮绍刚著. — 上海：东方出版中心，2021.8

ISBN 978-7-5473-1853-9

Ⅰ. ①抒… Ⅱ. ①阮… Ⅲ. ①文学 - 作品综合集 - 中国 - 当代 Ⅳ. ①I217.2

中国版本图书馆CIP数据核字（2021）第128144号

抒情年代

著　　者　阮绍刚
责任编辑　朱荣所
封面设计　钟　颖

出版发行　东方出版中心
地　　址　上海市仙霞路345号
邮政编码　200336
电　　话　021-62417400
印 刷 者　上海中华印刷有限公司

开　　本　787mm × 1092mm　1/32
印　　张　6.5
插　　页　4
字　　数　67千字
版　　次　2021年8月第1版
印　　次　2021年8月第1次印刷
定　　价　42.00元

作者肖像，摄于大学时代

那些年我们一起

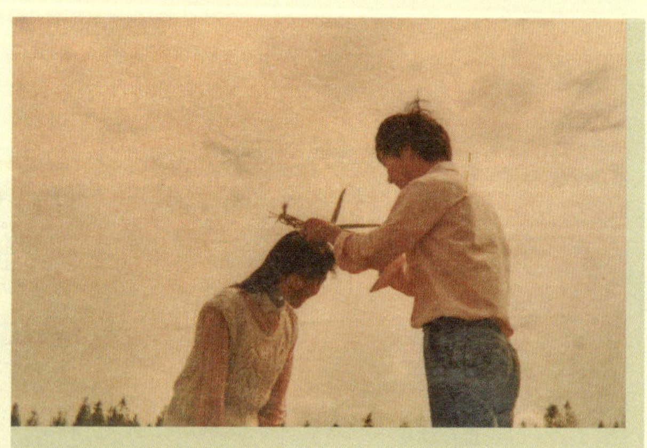

目录 CONTENTS

无边落木

2 遍地呼啸

3 漫天烟花

无边落木

斯人独憔悴

终于，我又要将自己放在这命运的弓弦上，随时准备重新射出。

仅仅过去七年的时间，我生命里的秋千便再也荡不起来了。1990 年夏季，当我带着爱情的累累伤痕，告别上海，返回故乡时，我并没有意识到，就是这座宁静的小城，这座看得见月亮走过每一家窗口的小城，所有路的尽头都早已砌满高墙。此刻，朋友们有人正迁徙他乡，有人将远涉重洋。他们如同落叶，纷纷飘坠在我的记忆中，令我开始想象一种迎风飞翔的姿态。

对于投身社会，我不是没有心理承受能力的。早在大学毕业的前一年，我便强迫自己的血渐渐冷却下来。

那时的我，就深深懂得，要想真正学会生存，就必须心甘情愿地做一只拔光羽毛的孔雀。现实如此，人们与其说需要一只鸡，还不如说需要一碗鸡汤，这是我们时代的悲哀。

我的清醒曾使我一度获得成功。面对提前到达的收获季节，许多往事受到了我有意的嘲弄。我和自己举行了一个简单的告别仪式，我像黛玉焚稿一样，让那些记录着我心灵成长历程的文字在火焰中悄然熔化。自中学时代就逐年积累起来的书籍，只能被紧锁在雕花的书橱玻璃门后，成为装潢我居室的风景。那时的我，不仅练就出一套操纵表情的“变脸”功夫，并且确实由于金钱来得比梦想的更多、更快、更容易，再紧凑的人生，也要挪出一片情感的空地，用以堆放巨大的虚荣和满足。我真的已经彻底放弃了内心的抵抗。

这个时期，我的遭遇也毫无浪漫可言。曾令我大学生活千疮百孔的筱阳，毕业后定居厦门。她的影子优美而孤独，就像一道雨后的彩虹，消逝在遥远的地平线上。从十五岁那年便和我保持通信联系的小桃，在去年春天的早些时候，顺着她家乡的桃花江水，向东漂去，嫁给了她的一个远房亲戚。小桃是个很天然的女孩。我刚念大学不久，她给我写了第一封信。那信是由我弟弟转寄而来的。我当然不可能知道，有位鹤发童颜的白头翁老师，几十年来一直爱把学生的作文拿去发表，然后美其名曰“伯乐相马”而乘机侵吞所有稿费作为额外收入，晚上痛痛快快地喝上一壶。小桃是凭着作文上提供的通讯地址，将信直接寄到了我的母校。当我收到她的信时，几乎隔了整整一个冬季。小桃在她的信里，用她简朴的语言照亮了我同样年轻的岁月。我因此在自己灼热的灵魂里，提炼出灿烂的金子。小桃是我放飞的一只风筝，她牢牢牵住我心灵里最沉重的那一部分。就在临出嫁时，她来信说她真想见一见支撑着她的精神行走多年的“亲人”，这使我突然有了莫名的恐惧。我害怕小桃也许会给我们这份纯粹的友谊缀上一个世俗的尾巴，始终没能答应她。小桃最后告诉我，这是她认识我以来唯一的缺憾。

我所谓的事业是在一九九五年十月的一个上午收场的。那天很平常，有人告知我，秋天结束了。接着，真像下了一场雪，我作为“风雪夜归人”的角色，迈进了一段既无聊又无望的艰难旅程。我很奇怪，那时的我居然丝毫没有申辩或者反抗的想法。儿时读过的一句话，不知不觉地发了芽——“文章草草皆千古，仕宦匆匆只十年”。我似乎陷得太深了。我浪费了最宝贵的年龄，挥霍了太多的激情。

正是怀着这种心态，我利用赋闲的日子，专程去了一趟曲阜。那里是齐鲁大地的中心地带，是中华民族的文化源头。我有幸聆听到古代的圣贤们，在地下深沉而有力地呼吸着。他们伟大，更寂寞，滋润了我晾晒已久的梦想。那些在历史深处燃烧的火炬，光焰纵然略显苍白，可是总能引导我敢于在黑暗中行走，走向黑暗的尽头。

曲阜归来，我格外向往清贫。卖文买书一向是文人借以自嘲的窘境，而我，将注定买得了书，却卖不出文。我只会沉浸在回忆与叙说的欢乐中，为即将远去的抒情年代祈祷，为我难以忘怀的人们写下几行单调的歌词。就这样，没过多少时候，我的日子真的变得紧张起来。书买得越多，才发现要买的书更多；话题追述得越远，才知道还有更多的人值得怀念。那份牵肠挂肚的惦记，那份难以割舍的痛楚，像一只可恶的老鼠，咬伤了我的自尊和自信。我禁不住怀疑起自己，是否真能忍受住这场煎熬。

今年，物价平稳，股市疯狂，伟人谢世，香港回归。喜忧参半的现实刺激着我日益脆弱的神经。原先校园话剧队的导演老踹从上海给我来电，让我去他的“××文化传播公司”当广告策划人。他甚至怕我不理解。

“咱们这也是创造文化，搞最时髦的，到潮流上翻跟头。”我相信他说这话时，两眼一定闪出了电一样的光芒。

“你以为我还翻得起来吗？沉在水里比到浪头上更适合我。”长年陷在这座小城，人的心情灰暗极了。

“这话可一点也不像从你这个大闹过天宫的人嘴巴里讲出来的。”老踹显然没料到我已颓唐至此。

“属猴子的不一定都是齐天大圣。更何况，就是孙悟空，取不到真经，一样得受紧箍咒。”我不清楚这话是在提醒老踹，还是提醒自己，语气重得像铅。

老踹没再说什么。他希望我以后有机会，到上海去看看他的公司。我明白他的意思。这些年，他能挺过来，让解了体的校园话剧队重新集结，广告策划搞得有声有色，是很不容易的。当初，他的话剧《走出咖啡屋》，就是因为没钱，只在戏剧学院彩排了一场，便夭折了。从此钱令他刻骨铭心，那时他给我的来信，并不像现在这么起劲。事实上，没人能揪着自己的头发上天。

午夜时分，我站在离家不远的路上，看妻子和女儿，贴着窗帘行走。微风过处，她们的影子有点起皱。我身旁的树枝，也在这风中左右摇摆，并发出沙沙的响声。

1997.8.1

再见大维

一切还得从我念大学的时候说起。

那时，大维是我最好的朋友。他来自福建，我来自江苏，三千里遥远的距离增强了我们彼此了解的渴望。我们时常彻夜长谈，为假冒先贤圣哲的古人吹喇叭、抬轿子，然后再把他们摔下来，贬得一钱不值。疲倦了就溜到校园围墙外的农田里去偷黄瓜、西红柿吃，总是被守夜人追打，狼狈窜回。在我们共同主持校刊的日子里，我们相互“吹捧”，抬高身价，当然也相互“攻击”，制造轰动效应。接着，我们同时爱上了对方的老乡，衷心祝愿苏闽联姻果真能成一段人间佳话。当时间的扫帚终于将我们无情地扫出校园大门时，我们才像秋天的落叶一样魂飞魄散。登上车站月台，我们抱头痛哭，击掌盟誓“苟富贵，毋相忘”。再后来，我老乡随他远嫁厦门，他老乡却在厦门慧剑斩情丝。面对事业荒芜和爱情枯萎的双重打击，厦门在我心中成了劳苦大众们向往的圣地，神圣极了！

就这样，我们在不同的地方做着不同的梦。五年的时间一转眼就过去了。1995 年初冬的某个晚上，大维突然给我来电，说要移民加拿大，我很奇怪：

“现在还出去干吗？香港都快回来了。”

“咱不是去为加拿大实现共产主义打前站嘛！”

“得了，我看你是让资本主义给和平演变了。”

“那你是不准备接受我的演变喽？”

“我这辈子早就认命了！将来把我女儿接出去就行。”说完我就后悔了，万一我那宝贝女儿给我招个洋女婿回来，那多没意思！

事隔不久，我恰巧要去厦门。此前也曾有过类似的机会，只是我不愿以一种朝圣的心态前往，都放弃了。如今有心再见大维，于是决定艰难走一回。

车行在福厦公路上，我忽然有了浓浓的悲哀。大路由北朝南，数百公里。西侧山势绵延，在我心头升起一道威严的壁垒。在山的另一边，人们生长在贫瘠的土地上，如同粮食本身一样，以多少年不变的方式，将内心的金黄捧出来，感谢太阳，感谢土地，到头来却免不了被时间的镰刀收割。也许会在下一个季节里再次萌芽，也许只在同一个世界上成为供奉。

这悲哀笼罩了我很久，直到我推开大维的家门，仍旧驱之不散。

大维在厦门有一个挺不错的小窝，充满闽南气息。屋子不大，客厅的北端有类似“榻榻米”的席地卧床，沿墙壁环绕着半圈沙发。床正中摆放两张矮小的茶几，几上是一套极精致的功夫茶具，后来大维向我夸耀说，那茶具是红木紫砂陶器，相当昂贵。四周墙壁上悬挂了许多神像，迎门是笑口常开的弥勒佛。佛脚下供养着一缸热带鱼，它们色彩斑斓地游戏在被灯光映得忽红忽绿的水中。这些活物大多来历不凡，据说一条鱼可以换一桌丰盛的海鲜大餐，只因能给主人送走瘟神，带来财运，方才享受到佛光瑞气的庇护。挨着佛爷身边站的，共有两位神仙娘娘——一位是送子观音，一位是海神妈祖。过去我曾问大维结婚两年未生孩子的原因，知道那实在不是观音娘娘白受了大维的香火。至于妈祖林默，她是福建人，大维的老乡，曾在海上做过很多好事，也救过不少人，死后得以升天，当了海神娘娘，成为闽台先民漂洋渡海的精神支柱和信心源泉。这些年东南一带的人钱多，香火自然特别旺。在观音和妈祖对面的墙壁上还有几幅杂乱且雷同的金属画，画上大多是一些欧美乡村日落的风景。

“你这儿可真像王母娘娘开蟠桃会，哪路神都有啊！”刚一落座，我便忍不住地调侃了他一下。

“我可是哪路神管用，就拜哪路神。”大维头也不抬，专心操作他的功夫茶具。

“这倒挺简单。”我一边应答，一边四处瞅。

“简单点好。那边书架上还有一本《圣经》，我就是嫌它太啰唆，懒得看。”顺着大维手指的方向，我看见卧室里的床边有一小排书架，上边排满了书。床对面的电视机打开在新近开播的电影频道上，一些人正在屏幕上大声争论着什么。

“你连《圣经》都不读，将来到加拿大，看你怎么向上帝起誓。”

“那就麻烦了，最好还是不起誓。”

“说的也是，只怕真到那时，你又要高唱解放区的天是明朗的天了。”这么说着说着，天很快就黑了。

晚饭少不得要去一家豪华的饭店，大维请来了不少在厦门的老同学作陪。他们中间的许多人，虽然生活在同一座城市里，平时却很难得见面。既见面，便少不了要交换名片，说些生意上的事。大家觉得这几年活得不容易，如今碰在一起，吃吃喝喝，难免纵情，很快就有人喝醉了。饭后，又有人吵着要去歌舞厅放松放松。那天正值圣诞前夜，到处都很热闹，人潮如海，人声鼎沸。只是那欢乐的气氛毕竟不能感染我，即使在我随着人群的长龙从歌舞厅中奔涌而出，冲向街头狂欢的那一刻。或许是因为那节日本不属于我，或许是我早已意兴阑珊。午夜时分，各自也顾不得招呼，纷纷忙着打车回家去了。剩下我一个人，顺着筼筜湖滨的马路，朝旅馆走去。

这条路本是我非常熟悉的，许久不曾走过了。厦门的冬夜并无彻骨之冷，只有湖上寒风习习，渐渐漫过来，浸透我疲惫的身体。前面还有很远的路，但我只有顺着这条路走下去。身边的水上早已没了传说中“筼筜渔火”的诗意，南北两条湖滨大道将湖岸的风景规范得极其华丽。远处的路灯将我的影子拉长，使我显得有点憔悴。我面对自己的影子，步履不觉飘逸起来，如同灵魂出窍，翩翩起舞。踩着心跳的鼓点，和着脉搏的节奏，直到地上的影子完全零乱，方才长长地舒一口气，然后为自己生出这样的心境而惊诧。看来我还是应该收拾起这些莫名其妙的情感，就像鸟儿收拢起自己的羽毛，早点回去，回到属于我自己的天空里。

第二天，就在大维夫妇又忙着去公证处办理出国相关手续的时候，我离开了厦门。用不着道别，只有心中还在默默念叨：珍重！大维。再见！大维。

1995.12.28

碧海青天此夜心

今夜，我如同一根琴弦，在何刚不经意的弹拨之间，我的灵魂便震颤起来，并伴以阵阵萧瑟的余音。

今夜是个岁末冬残的日子。

属于 1996 年的最后几张日历早就被我提前撕去。许多朋友不再来信，甚至简单得像一片雪花般的贺卡也没有。除了几天前，何刚用他平缓如水的电话铃声打破了我日趋宁静的生活。他不紧不慢地告诉我，阿磊会到上海过新年，这让我多少有点意外。阿磊现在给日本人打工，不能这么清闲。去年秋天，我在北京靠近东三环的一座“鬼子炮楼”里见过他。傍晚收工后，他体态臃肿地跟随一大群株式会社的社长们拥到我的面前，我几乎认不出他就是我们的阿磊。记得念大学时，阿磊总有点忧郁，人也很消瘦。我们同在一个话剧队里，他是唯一会京腔的小伙子，却很少和别人神侃。偶尔也听到他唱歌，怪怪的两句词：“青青的草地白白的羊，羊儿吃草草光光。”没人明白他的意思。大学毕业后，听说他要去日本留学，后来又听说他只是去研修，很快就会回国。这么折腾了两年，直到我们见面前不久，方才安定下来。看得出，阿磊活得挺累。用他的话说：日本人特黑！我想这大概算是他的血泪控诉。

相形之下，何刚要从容得多。当他身材挺拔、衣服华丽地从一部“的士”中走出时，我迅速重温了小说《故乡》中闰土见鲁迅时的那份感受。他的风采一如往昔的那个话剧队男主角，当时，我本不惯于制造表情的面孔，因为经受了过多的风雨和一次火神之吻，倍显沧桑。

“继续跑吧！要去就去上海最好的饭店。”刚一见面，何刚又近乎挟持地将我带到一家名叫“海上皇宫”

的潮州餐馆门口。进门时，我跟在何刚身后，故作矜持地微笑着，就像狐假虎威。何刚是这里的常客，所有的服务小姐都在热情地和他打招呼。他举止随便，示意我们在靠窗的一张小圆桌前就座。接着，他取出手提箱中的票夹、手机和专用餐巾纸，一件一件放在桌上，扭头朝吧台打了一个响指。服务生很快就手捧食谱，出现在我们身边。何刚接过食谱，简单地翻看几下，点了四道名贵的海鲜，要了两瓶法国原装的红葡萄酒，又给同来的一位女孩预备了两听饮料，然后抬头问我：

“上海又不是海，干吗好久不来？”

“算了吧！我现在的感觉还不如一条被扔进大海的淡水鱼。”

“常来就习惯了。”何刚把手一摆，“我们边吃边聊。”不一会儿，菜便齐了。一旁的服务员小姐还在忙个不停，何刚十分细致地用公筷给我夹过一只大蟹钳：“还时常动笔吗？”话没说完，又冲着坐在他对面的女孩调笑道："在大学念书的时候，他们尽会写一些花言巧语的东西，让我在女孩子们面前痛哭流涕。"

"我以为你早忘了。"何刚提起往事令我有点兴奋。我赶紧举起酒杯，作不必要的掩饰。

其实，我心里知道，何刚是个非常怀旧的人。

吃好午饭之后，何刚让同来的人一一散去。我们决定在这座城市的边缘"滑行"，从东到西，由北向南，洗桑拿、玩保龄球、吃晚饭。最后又回到这座城市的中心地带，准备今夜的疯狂。而我，好像一只蒙着眼的小鸟，除了扑腾翅膀乱飞，别无选择。

今夜在蓝带夜总会，夜总会在伊势丹百货大楼的顶层，大楼是镶嵌在上海滩黄金地段上的一颗钻石。看到鱼一样游来的陪酒小姐们纷纷跪依在我的脚边，期待着垂钓者的饵料，我尽量使自己平静一点。她们其中居然有一对孪生姐妹，相貌近似，神态一致，绽开同样灿烂的笑，把人送入梦里。何刚正忙着和她们摇骰子赌酒，动作娴熟得宛若在表演。没多久，有人便喝醉了。何刚的酒量特别好，他不时回头拉我加入他们的赌局。我怕我会不济，只在一旁慢慢地喝着兑了矿泉水的洋酒。想来，我眼前的这些陪酒小姐，就像蜡烛一样。当客人们来时，她们被一支一支地点亮，用自己的青春和容貌去燃烧，边烧边流泪，迟早又会一支一支地熄灭，完全化为灰烬。我不知道应该以怎样的心境面对她们。

“你别躲在一边，好像我要逼良为娼。”何刚还在拉我入局。

我向何刚靠过去，给他递了一支烟。

“我不抽。”何刚顺手给我点了个火，“你还可以再投入一点。”

“我怕我输不起。社会真是个狠心的地主，一不小心，就会欠他一笔，一辈子也还不清。”

“你放心，真要输了，你也不会心甘情愿地堕落，然后准备凋谢在某个日出时分。你会做个装神弄鬼的人，照样糊口度日。”何刚自信他看得准，一句话就给我盖棺定论了。

我勉强笑了笑，吐一口烟将自己完全笼罩住，不让何刚看清我的脸。

离开夜总会，已是子夜时分。今夜，并没有我想象中的月色，可以照着我们在这寒冷的冬夜里梦游，可以照出这个世界片刻的透明与澄澈。满天星斗，散落在我和何刚的头顶，一些往事和人沉在渺渺星河深处，或许还会被记忆的波浪泛起。而另一些往事和人，却早已让时间冲走，一去不回。我们只是无声无息地走着，走在这同样无声无息的夜色里，走在这向着远方随意延伸而去的路上。

我想说点什么，打破这令人压抑的沉寂：“这样的夜晚，我要是一只狐狸该多好，到处窜窜，不落任何痕迹。”

“我倒愿意做一匹狼，舔着白天的伤口和血，再伸长脖子号叫两声，那样肯定很过瘾。”何刚一边说，一边仍然埋头朝前走着。

走了很久，终于走进他的办公楼里。来不及招呼我落座，何刚直接打开墙角的调频音响。午夜热线在广播，主持人正煽情地讲述一个爱情故事。兴许是我们有点疲惫的缘故，感情格外柔软，如同橡皮泥，很快被捏造成型。我看见何刚略显迟疑地拿起电话，拨通主持人的号码，开始了他一往情深的诉说。他讲起大学里的那个话剧队，讲起许多队员们的名字，还讲起他唯一的恋爱经历。他似乎全然忘记了我坐在他的对面。一缕柔和的灯光，洒在他的脸上，他的表情布满虔诚。眼眶里，雨意朦胧。最后，他对着话筒，高声朗诵：“有一天清晨 / 我惊异地发现 / 我的双臂在梦中飞走 / 飞离喧嚣的人群 / 到有水的地方 / 到群鸟出没的地方 / 结庐而居 / 然后是我的双腿 / 也学会飞翔 / 属于我身体的每一部分 / 都将起飞 / 起飞。”他那穿透力极强的声音，一下子就使我的心真的起飞了。

飞吧！我的心。飞吧！御风而行的何刚的声音。让我们以各自熟悉的方式，再飞一次。竭尽全力地飞一次，哪怕永远不再回来。

但愿我们都无悔。

1997.1.23

细雨落花时节

今年春天，我见到罗子和他的一张名片：

深圳财富拍卖公司
罗子（哲学硕士）（拍卖师）

罗子搞过哲学，一想到他要操槌叫卖，站在聚光灯里，张牙舞爪地吆喝，我心灵的湖泊禁不住泛起一池起皱的春水。

春天原本是个令人容易感动的季节。自从并不遥远的 1990 年那个春天去后不久，我和罗子以及我的许多朋友，因为被生活踹了一脚，从时间的悬崖边堕落，掉进这无边的社会泥沼中，整整七年过去了。春天的细雨依旧年年飘来，一些花正在开放，而另一些花已经开始凋谢。那些失散的花瓣，或许会将往事掩埋起来，掩埋在记忆深处，默默守候着新的萌芽。我将因此抚摸这份年轻的沧桑。

初识罗子的时候，我们同在校园话剧队。他自称罗子，很容易被人误听为“骡子”，这正是现实与梦想之间的差距。在梦中，他是罗子他怕谁？现实中，他是“骡子”最负累。几年以后，话剧队渐渐变成了“×× 文化传播公司”，专门从事广告策划，当年的导演老踹还一直在念叨：要是罗子来领班，该有多省心。

罗子相貌清秀，声音洪亮，会表演，却不好表现。他平时除了整小品，还喜欢朗诵，兴奋了也能搞点小创作，算得上话剧队的台柱子。那个年龄的我们，由于过分害怕寂寞，在得不到爱情滋润的夜晚，大家便聚集在一起，小心翼翼地繁荣校园文化。老踹和我共同创作的话剧《面包，明天会有吗？》获了高校艺术节一等奖。这件事就像放了一把火，使我们的成就感迅速膨胀。每个人都以为自己真的会像天上的星星，无论出现在校园的哪一个角落，都有人指指点点。于是，故事发生了。

“小狐仙”出现在话剧队，完全是冲着女主角来的。先前的燕子，在获奖后不久便离开了。“小狐仙”是罗子的老乡，他们的家乡早在近千年之前，就被写进了欧阳修的《醉翁亭记》。罗子将“小狐仙”领来，果然是“醉翁之意不在酒，在乎男女之间也”。他从一度迷恋的《聊斋》中走出，让善变的“小狐仙”改扮成善良的女鬼。很快，“小狐仙”如愿以偿。就在罗子推出的一段小品中，生活里的爱情套上了鲜艳的戏袍和古怪的面具：“啊！美丽的天仙，我很抱歉！虽然我的相貌不能令你满意，虽然我的身高不足以与你比肩，但你应该谅解，那并非我心甘情愿。我要勇敢地爱，固执地爱，即使你断然拒绝，我也会千方百计，算尽机关，将你的心弦拨动，将你的意志磨穿。所以，你不如趁早委曲求全。”当着一千多学子的面，罗子“扑通”一声，把男儿膝下的黄金彻底磕碎了。与此同时，我也听见隐藏在罗子灵魂深处的那一面铜锣，被极为刺耳地敲响了。谁都知道，那时的我们，多么愿意自己是一个快乐的音符，可以自由自在地游入某一段和谐的五线谱中，而不是任凭别人吹打弹拉的乐器或者其他什么。

戏很短，来不及展开剧情便收了尾。此后的“小狐仙”告别话剧队，罗子再次深陷在他梦中的《聊斋》里，直到我们返回各自的故乡，返回永远注视着我们的亲人身旁。

后来，我听罗子说，初回故乡的岁月曾令他疼痛不已。他显然不甘心蛰居小城，为了吃饭奔波忙碌。一年多的时间，他沉默寡言，如同一棵树，在细雨飘零的庭院里孤独地生长着。我们担心他会从此沉寂下去，许多人给他发去了问候和鼓励，却无法代替他艰难的喘息。就在这时，我又听见他灵魂里的那面铜锣被伤心地撞响，并发出一连串激荡的回声。罗子的母亲，不幸去世。这突然的悲哀给了罗子巨大的刺激和动力，他决心全面反抗。经过几个月的彻夜苦读，第二年，他考取了厦门大学哲学系，准备为整个人类的命运操心。

事实上，对于罗子，他这次的选择依然出于无奈。哲学从来就不是我们时代的热门话题，当然也不是罗子寄托情感的精神家园。去年初冬，我在厦门见到罗子，他显得有点疲倦。“找一个好饭碗，真不容易。这几年学的那一套，到哪儿都派不上用场。就剩下一顶硕士帽子。”

“有这顶帽子就行。”我有心抚慰一下他低落的情绪。

“快三十岁了，一切还得从头干起，我怕来不及了。”罗子求职不太顺利，这多少动摇了他的自信。

“这样更好。一张白纸可以画出最美好的蓝图。不像我们，青春的画幅早就污渍斑斑了，还不如撕碎了重来呢！”说着，说着，我也深有感触起来。这些年，我同样受过很多伤，往事总在隐隐作痛。

等到罗子终于决定去深圳做拍卖师之后，我们还有过一次意外的相逢。他参加全国拍卖师资格考试，来到久别的上海。那次考试规格很高，据说当晚《新闻联播》有报道，罗子格外兴奋。他紧张地盯着电视屏幕，短短的三十分钟比三十天还要折磨人。结果令罗子非常失望，消息没赶上《新闻联播》。好在稍后的晚间新闻，播放了他们考试的镜头，要不罗子会整夜失眠。他深圳的朋友来电话，托他在上海购物，他却只管忙着问人家，深圳电视台是否播了同样的新闻。那神情，仿佛拍卖师资格考试应该是一件全国人民奔走相告的特大喜讯。他太在乎，太投入了。

“拍卖师对你就那么重要吗？”我感到奇怪。

“那倒不是，只不过觉得，这个职业挺适合我的。过去搞小品，那点演戏的花样，全都用得上。”罗子是在感谢原先的校园话剧队，学了三年的哲学，只是为买一张去深圳落户的门票。

“看有机会把我也给拍卖了，说不准会卖个清瓷的价钱。小槌子一敲，就换了人间。确实很过瘾。”我这么说，丝毫没有调侃的意思。罗子却不知为什么，心情忽然消沉下去。

“我有时也会别扭。一面拍卖着别人的财富，一面将自己生命中的黄金与钻石，我最宝贵的年华，一槌一槌地，全部拍卖一空。到头来，我只是一个可怜的穷光蛋罢了。”

罗子清醒得怕人，这是哲学的力量。

次日清晨，我约罗子逛街。细雨中的上海，令我们有了陌生的感觉，可惜罗子全无闲情。他匆匆买了两套西服，说是主持拍卖会时用得着。他已买好机票，今晚就要飞回深圳，正式步入他拍卖师的生涯。我知道，该是将隐藏在罗子灵魂深处的那面铜锣取出来的时候了。

把铜锣敲起来吧！不管那将是寻常小曲，或是经典交响乐，朝着你熟悉的节奏和旋律，罗子，你使劲地敲吧！拍卖过去只是为了购买未来，这本是生活的最高法则，谁都不能例外。面对这江南的落花时节，面对漫天细雨，我将为你深深地祈祷。亲爱的“骡子”！

1997.3.19

雾失楼台

（一）

我听说，在我并不遥远的记忆中，那只提前筑巢的燕子，如今已成无家可归的候鸟，正独自飞翔在南方的天空下。

（二）

当初，连同燕子，我们共有五个人。五个人宛如牵着同一颗心脏的五根手指，我们十分夸张地涂抹着属于那个年龄的每一寸空间。那可真是一段阳光灿烂的日子，曾经激动的“手指们”总是对此怀念不已。后来随着季节的轮换，在受到校方的无端指责之后，我们成了一群愤怒的“手指”，被迫并拢起来，打了校刊一记响亮的耳光，给那张久已失血的脸庞毫不留情地印下五道指痕，为此我们也付出了告别纸和笔的代价。经过一阵隐隐作痛之后，发觉我们并不真是同一只手上的五根手指，我们更像是同一朵花蕾上的五片花瓣，迟早会凋谢在那莫名的风中。

事实上，在宣布洗手不干的半年前，我们便注定了会背叛不谈爱情的誓言。那些猜测我对燕子有意思的人们，凭借的是我那一小段奉承话。

燕子真太玲珑了，一直不明白她为什么还要写诗。

在不管三七二十一岁的年龄里，有她就够了。相信打开许多年后的回忆，她也是我们诗歌原稿中最动人的那一页。

我这么说，多少有点献媚的嫌疑，令我不能解释。

好在燕子及时地暴露了她和罗亮的暧昧之情，算是给我解了围。

罗亮是个很不错的安徽小伙子，“通常很沉静，可激动起来也很吓人。有一次当着百十人的大场面，他居然说写诗的都是拉磨的驴子。非常害怕他的大彻大悟，我们毕竟是做了驴子的。罗亮尤其是，前面拉的，后而推的，都是诗”。并且，在他题材单一的诗里，他总设想会娶上一位生病的妻子，好让他平淡的生命里萌芽出美丽的柔情。难怪大维在给罗亮写的诗评中，十分坦率地用了“如果你要嫁人”的大幅标题。像燕子那样的女孩，自然是很难摆脱这些甜言蜜语的诱惑。

（三）

本来，他们的选择挺好。只不过，爱情的分量很快就使友谊的重心发生倾斜，这让我们另外的三个人扫兴极了。更何况，早在罗亮之先就获准为燕子筑巢的，已另有其人，可惜他在一年前离校而去了。或许是燕子讲得太玄的缘故，那人似乎永远披着一身风沙，站在我们苍茫的视线之外，成了全然不同的那一个。

据说他爱赌钱，也很能喝酒。那些我们习惯用舌头解决的问题，在他一概是用拳头，这使他有点不像大学生。校方曾给过他一个难堪的处分，他平静地接受了处分决定，然后将这处分连带学生证一同撕碎，最终从通往校门的那条路上走出去，再也没回头。

燕子哭了，哭得很伤心。她想追过去，和他一起去流浪，却不知为什么，终于没有展开自己未经风雨的双翅。那人后来给燕子来过信，我曾见过一封，寥寥数语，简单得像电报。

燕子：天寒，多加衣！

类似的信还有不少，大多寄自那人漂泊的旅途，好像总在悉心呵护着他与燕子之间残存的体温，想来足以令燕子刻骨铭心。后来听说燕子与罗亮分手，重回到那人身边，我看见陈思悠悠地把叹气换作一口深呼吸，说：“只有他，才是燕子情感世界里唯一的背景。”

从那以后，燕子便消失在了她唯一的背景里。很快，被大维誉为中世纪教堂的陈思也变成了一座圣母院，扮演起相夫教子的贤良角色。再往后，我和大维都老老实实地结了婚，我还有了一个乖巧的小女儿。今年我去合肥时见到罗亮正为筹办婚礼、装修住宅而奔波，忙得如潮水翻腾，满脸却是“不亦乐乎”的表情。唉！我们这些人，真的开始学会生活了。

（四）

再次见到燕子时，她是佛山一家房地产公司的售楼小姐，原先那片唯一的背景在两年前漂移到了大洋彼岸。两年来，燕子飞过不少地方，却没有哪一棵树真正成为她筑巢的高枝，这使得她的生活始终迁徙不定。许多有心为燕子的爱情故事续貂的人们，都不幸做了她生命园地里的狗尾巴草，在随风一阵摇曳之后，就会被人连根拔起，不再留下任何痕迹。

只有一次，燕子差点以为她飞到家了。那是在燕子和他相继被爱情的蛇咬伤之后，他们意外相逢在心灵的天涯。据说他也是写诗的，人长得极憔悴，大学毕业后，留校做了团委的宣传干事。可他只是一个受到现实过多挤压而变形的人，燕子曾用她几年来全部的金钱和情感积蓄，为他买了一块钻石表。结果那表在他看来，只是一块比普通表更加昂贵的表，既不是什么“走时”，也无法向他表达永恒之意。他本不需要这份因花费过多而显得沉甸甸的礼物，他需要实实在在地过日子。于是，他用一连串尖刻而又薄情的话将燕子推进了不应遭遇的风雨之中，彻底淋湿了她日趋丰满的感情羽翼。燕子失望了。后来，她远离故乡，远离布满委屈的昔日情怀，飞到她向往多年的南方去了。

（五）

受伤的人啊，就让我们天各一方吧！也许还会有怀念在不停地滋润着往日的友谊，也许已没有。眼看着无可奈何的大维夫妇将要移居加拿大，又能见到似曾相识的这只燕子，果然令我感动。那些在我们梦中筑起的楼台，已被世俗的迷雾深深笼罩，照耀青春和爱情的太阳也不会再次升起在我们的心头。现在的我们，更像是吃饱了桑叶的春蚕，将自己曾经敏感的心裹入一层致密的生活之茧中，寻求一种接近死亡的保护与安逸。

唯有燕子还在飞。为了活着，为了等待！

1996.11.4

落日废黄河

关于废黄河，我的朋友陈多比我更熟悉。他曾居住多年的村庄就在废黄河的南岸上。

据历史记载，原先的黄河在山东入海。公元1128年，也就是金人铁蹄踏碎东京汴梁梦，给赵宋王朝烙下靖康耻的第二年。黄河南岸破堤决口，疯狂的大水在中原土地上，奔腾咆哮，四处肆虐。因为一时找不到出海的水道，黄河水只有朝着河网纵横的苏皖平原，倾泻而下。冲入泗水河，抢夺淮阴以东的淮河河槽，把淮河水死死堵在了洪泽湖区。这一堵，就是700多年的时间。直到公元1855年，大清王朝正处于内外交困，行将灭亡的关键时刻，黄河北岸再次决口。河水拐弯北去，重返山东。于是，留下这道废黄河，淮河水也被迫停在洪泽湖中，不再东流入海。700多年来，黄淮合流，无数的泥沙淤高了淮河河槽，也抬高了洪泽湖的水位。湖面就如同一只巨大的锅，放在里下河地区人民的头顶上。洪水时常泛滥成灾，百姓总是流离失所。解放后，政府决心彻底根除水患，采取黄淮并流的策略，修筑苏北灌溉总渠。旱季引水浇万亩农田，汛期泄洪保一方平安。陈多的家乡却从此陷在古老的废黄河与新修的灌溉渠之间，被岁月遗忘了二十多年。面对交叉的河道，陈多和他的乡亲们疲惫不堪。后来，他说出这些故事，为我描述废黄河的落日情境。我相信，他是在讲述真正的沧海桑田。

认识陈多的那年夏天，我在一家乡镇企业负责技术工作。当时，工厂刚刚建成，急需一批廉价的劳动力。陈多看到电视上的广告后，放弃了给村里小学校代课的机会，和许多来自农村的同龄人一起，走进我们招工的考场。从他应聘的作文里，我得知他自幼就想进城，想看看同一个太阳下面，这里的人们在怎样生活着。那一年的他已满 19 岁，城市成了他唯一的梦。

陈多的文章写得不错，字也挺好看。我不忍心让他下车间干粗活，便把他留在了办公室，帮我搞档案管理，同时也为厂里做点杂务。这使得他有机会参加一些会议，不少未经厂部发布的决定，总能被他不小心透露出去。同来的人非常羡慕他的工作，他自己也觉得很风光。他是他们中唯一幸福的“金鱼”，游动在对未来幻想的玻璃缸里。

这样的得意状况一直延续到年底。工厂为了电力增容的事，安排他专门去供电局跑手续。那里可是全城有名的“阎王殿”，陈多注定要感受这份外出谋生的艰难和人情的温差。就在他一次次往返奔波的日子里，他饱尝了城里人的冷漠和刁蛮。我经常看见他独自蹬着那辆破旧的自行车，垂头丧气地从厂门口进进出出，整个人也变得潦草极了。我有点替他惋惜，他那敏感的触角才一伸出，就受到了现实的伤害。我知道这时的他更需要一种过度的自尊来保护自己滴血的心。我临时决定，把他调到车间去，他果然感激万分。两年以后，我无意中发现他在城市的东北角练摊卖书，他这才告诉我，他从小就被母亲用仇恨喂养着。艰辛的日子，使得那个女人在陈多的妹妹出生不满一个月时，她生命里的第一次歇斯底里便发作了。从那以后，她不断自言自语地重复，孩子的三大伯想用药毒死他们家的鸡，还有二舅母家的猪拱了他们家菜地。因此，在陈多稚嫩的目光里，隐藏了一份对周围人的深深的敌意。

第二年春天，我看见爱情忽然从四面八方向我们涌来。得知陈多也在恋爱的消息时，我正忙着操办自己的婚礼。由于我的粗心，我后来才听说那女孩名叫吴霞，是陈多的老乡。从陈多家出发，沿着灌溉总渠向东，不过五十里地，便可到达吴霞的家。他们虽说是到城里才认识的，可也算共饮过一渠水。吴霞性格内向，她孤寂的灵魂被陈多用歌声点亮。那歌声忧郁而抒情，伴着吴霞在黑暗中行走了整整一年，直到那个带血的黄昏来临。黄昏，永远令人伤心的时刻，陈多根本没有想到：他生命里仅有的这只蝴蝶会过早地跌落在青春的花丛中。一辆疯狂的拖拉机，从无人的路上碾过来，把吴霞撞倒在那致命的车轮下，最后陈多看见那只蝴蝶的翅膀被轧得粉碎。

吴霞的追悼会简朴而隆重，许多人失声痛哭。陈多肃立在吴霞的遗像前，手捧一截他亲手扯来的白绸缎，恳求每一个前来吊唁的人，能在绸布上留下自己的名字。他要让那个寂寞的女孩，在死后拥有更多的朋友。绸布后来随着骨灰一同被安葬在吴霞的家乡，村庄的北侧，灌溉渠的南岸。芦荡里，芦花很快白了头。

丧礼过后不久，陈多匆匆离厂而去，甚至没有和我招呼一声，而我也难以顾及他的去向。很长一段时间，我心甘情愿地让生活洗劫一空，除了太多的野心和奢望，心情始终开朗不起来。就这样结结巴巴地又过了一年。一年间，我从城市的边缘深入到城市的中心地带，而陈多也开始推着他装满书籍的三轮车整日沿街叫卖。我们也许曾在某一个夜晚或者某一个角落里擦肩而过，也许从来没有。真正的重逢，必须等到一年后的那个早晨。

那天早晨很平常，除了陈多的意外出现。我并不奇怪他能找到我，毕竟这城市太小了。他站在我的面前，脸色泛着微微的青光。往事已在他的下颔四周种植了一层浓密的胡须，但是他好像刻意修饰过。整个人透着一种异常的成熟，特别是他的眼神，既有点若无其事，又明显飘忽不定。我并不清楚他的来意，只是隐隐看得出他的变化。好在他也没在意我冷落的态度，当我问及他的流动书摊时，他用一种诡秘的语气告诉我："现在没人看书，嫌太费时间。大家都喜欢直接的，越直接越好。"

"有这么严重吗？"我多少认为他是在危言耸听。

"这也无所谓。不卖书还可以卖别的。我现在就想倒腾点录像带，影碟片什么的。这些东西比书更来钱。”

“你有门道吗？”自从我看见过陈多的书摊后，我一直认为这是他最好的谋生手段，就像患病的人开起了药店。现在他要改行，我很担心。

“只要想搞，不愁没路子。我有朋友帮忙，打打擦边球，很快就能致富。”他语气肯定地对我说，似乎极有把握。

“擦边球最容易滑边。不要致富不成，先治了你的罪。”我还是忍不住要提醒他。我当然不可能知道，这时陈多早已变卖了他的书摊。那些在一年多风雨中积蓄起来的血本，在他来找我之前的半个月里，全部化为盗版影碟片，被公安部门没收，他本人也是刚刚从班房里出来的。他找我，只为借点钱，他想再拼一次。不过他也知道，他绝对没有机会。就在他拿了我送给他的一千元之后，他给我留了一封信，告知我他的这些遭遇。信的最后，他让我放心，即使生意做亏了，他也一定会还我的钱，并郑重其事地写了一张借条。这借条我至今还保留着，我想这是属于他的尊严，尽管他曾辜负了我对他的信任。

最近一次听人说起陈多的消息，是在大半年前。他早已回到他的家乡，生他养他的那一方水土，灌溉总渠的北侧，废黄河的南岸。陈多曾说那里的落日很美，不知他是否每天都到那堤岸上去走走看看，不知道他在那落日的余晖里，是否还会想起我们这座城市，想起我们中间的每一个人。当初许多和他一同从乡村出发的人，有的在这座城市里安了家，有的到更南方的城市去了。他们偶尔还会谈起陈多，就像我也偶尔会想起他一样。陈多来去如水，他留下的所有痕迹正在被时间晾干。

1997.6.15

保卫爱情

我们保卫爱情，因为这是我们固守内心真诚的最后一道堡垒。

（一）

如果我没记错，你是在秋天的某个夜晚，被一位背后生翅膀的小男孩绑在箭上射中我的。后来，你提醒我说：那晚的日子很不幸。就为你这句话，我的眼睛里长满了草。而你也成了杂草丛中的红罂粟，向我伸出诱惑的手，招引我上路。我驮着沉重的迷恋向你走去，走得太远太累，所以不想再走，却找不到回来的路。于是，心开始起飞。

我做过不少详细的梦，梦见自己像一只硕鸟，展翅而游。或扶摇直上，或超低空飞行，随心所欲，自由自在，可每次都因你的出现而翅膀折断。有时你在梦里，有时你在眼前，就好比一把巨大的剪刀，将我的梦绞得羽毛般纷纷而落，如同下雪。只有一次，我梦想和你在群鸟出没的地方结庐而居，偶尔推门看山，偶尔闭门思过。当时，你听我这样说着说着，突然作深深动情状，扑倒在我怀里，呢喃道："你又做梦，这不好。"

（二）

大学的最后一学期，我被你的爱情折磨得体无完肤。我开始染指烟和酒——得意的时候在校刊撰文为抽烟喝酒辩护，就像在朋友们面前吹嘘你爱我；痛苦时，又想把你连同烟酒一起戒掉。结果总是再次水深火热，烟抽得更多，酒喝得更凶，爱你更疯狂。

半年的时间如同过了半个世纪，我在你的千锤百炼中茁壮成长，像铁变成了钢。终于在分手时，你去了南方那片热得足以使我再次熔化的土地，而我只能交给你一片坚硬如钢铁的情怀，却未能重新体会钢铁回炉的那份滋味。

起初，由于积蓄了几年的感情惯性，我们在爱的金光大道上继续向前滑行，无奈很快便到了头。我们开始批评现实，抱怨生活，接着相互批评，彼此抱怨。文字越发尖锐，心境日益刻薄。书信成为我们之间捅来捅去的一把刀，我以此为快，尽管早已鲜血淋漓。最后你愤然宣布：洗手不干！

（三）

那段时间，我的事业兴旺发达，这一半靠干，另一半靠吹。我看见自己就像一面红旗，到处迎风飘扬，并且插在了属于你的那片热土地上。当我再次访问你时，真心以为自己是荣归故里，衣锦还乡。我尽量以一种宽容的心情邀你共进晚餐，恐怕会露出还乡团的本色。你故意不注意我故意装作无意间掉在你面前的报纸，那上面充分表扬了我。走进一家豪华餐厅时，你还在打击我：“别拿筷子，一吃准漏馅。”你早就熟悉我只要一拿起筷子，肯定会变成穷人家的孩子。

饭后我们共同追忆往事，可总也追不上以往的那份感觉。我觉得主要是我那片坚硬如钢铁的情怀被你丢弃的缘故。你居然还能像祥林嫂一样，见面就唠叨：“来了就别去，去了就别来。”我仰天长叹：“唯女子与小人为难养也，近之则不逊，远之则怨！”

(四)

告别你后，我回到家乡，继续干事业，也开始制造“桃色”新闻。最实实在在的一次，发生在目前已成为我妻子的身上。那天，早先的同学们聚在一起为提前远去的青春送行。他们是一群早已被爱情武装好的人们。不知是有人存心安排，还是天作之合，我贸然插足其间，惊异地发现当时只有她和我正艰难地“守寡”。我禁不住勾引了她：“我们这是干什么？”

“在举行集体婚礼！”她像喊口号一样对我振臂高呼，呼得我的心如火如荼。

她真是太狡猾了。

万岁！她这该死的狡猾。

（五）

一切很自然，也很真实。和波澜壮阔的上次相比，平淡了许多。少掉一份缠绵的情调，却多出几点潇洒的情怀。我好满足。

你肯定怀疑我还在爱你，甚至鼓励我。早在你我还是八九点钟的太阳时，你就对我的黄昏作了这样的一个总结：我贫病交加，在某个破旧的剧场里，成了一名扫地的老头，没人要。每晚人们散去，你要我面对空空荡荡的舞台和空空荡荡的座椅，就像面对我同样空空荡荡的一生那样，一扫帚一扫帚地将所有属于别人的故事、情节、欢乐以及悲哀全部地拢起，然后沿着皱纹的方向，思念你！

好几次，我被你同样的语言深深地淹没着。现在想来，不免有点惭愧。果真到了那步田地，我所思念的绝不是爱的凄凉，而是生的辉煌；憧憬的也不可能是白头偕老，而是青云直上。

我为自己的觉悟激动得全身开满花。

（六）

当然，妻子并不一定了解我已有如此高的觉悟。她只是隐隐地看见你的影子在阳光下生长，一直拖进我和她的幸福里。许多往事落在记忆上，对我来说只不过像旧书籍封面上的灰尘，轻轻一拍便可抖落干净。妻子却认定那是早已印在上面的大号黑体字，不仅深刻醒目，而且带着浓浓的悲哀气氛。这纯属我的错。我曾过分聪明地利用了你作为前妻的形象，在她的心上挂起一个沉重的问号。所以，我现在不得不运动一下，将那个问号早日拆除，以保卫我和妻子之间正向着成熟生长的爱情。所以，才有了如上的这份宣言，或称檄文，以讨伐过去，重建未来。

（七）

保卫爱情 = 保卫家。

1992.4.27

不再浪漫

（一）

很久以来，我一直盼望有人会对我的爱情故事感兴趣，虽然我已不再浪漫。

正像所有习惯做梦的人一样，眼看着那些如花的记忆纷纷凋零，我便开始制造重返春天的妄想，让自己冬眠的心苏醒过来。于是，我精心挑选了二十六年往事中的第一处风景，今夜和你一同凭吊。

（二）

我的初恋诞生于一场小小的阴谋。

那是我即将告别大学的前一年，起初几个自以为修炼成精的朋友，在阴雨连绵的秋波洗礼下，禁不住凡心大动。每当黄昏像海水落潮一样退去的时候，我成了唯一被波浪抛弃的鱼，无论怎样挣扎，也不能回到优美的珊瑚树下。

我渐渐变得不太潇洒。白天做高贵的孤家寡人，夜晚是凄凉的孤魂野鬼，结果倒成全了我极喜舞文弄墨的癖好。在我的那些花言巧语中，我尽量把自己装扮成骑白马的人。校园内一时掀起文学爱好者成群结队地寻找我的热潮，令我痛感无法回报，只好以身相许。我及时在校刊上抛出了“懒得谈恋爱”的观点，名为拒绝诱惑，实为撒网捕鱼。筱阳不幸中了我的诡计。

可接下来不幸的却是我自己。兴许是过分认真的缘故，我们的恋爱历程始终处于山重水复之内，一直未能到达柳暗花明的境界。

（三）

我之所以敢在大庭广众之下口出狂言，大胆许诺自己不谈恋爱，并不是因为我真的要“横眉冷对媚眼，俯首甘为光棍”。恰恰相反，我已清醒地认识到，我将无法寂寞地熬过这大学四年。加上日益高涨的荣誉感也使我该死的自信如同热气球点着了火。我准备放纵自我，来一次最后的辉煌，或者最后的荒唐。

筱阳仔细阅读了我那篇狂妄的誓言，在冷笑两声之后，决心用行动教训教训我，这正是我所期待的。

当时，我并不精辟地认定，大学生不谈恋爱的原因无非有三条：一是我们没有稳定的经济来源；二是我们不谙炎凉的人情世故；更重要的是第三条，我们来自五湖四海，必将回到五湖四海去。正像春天的树叶，在同一枝树梢上招摇，可谁也不知道将会被秋风吹向哪一个角落，在哪一片野火中燃尽自己的生命。

但筱阳没有在乎这些，她几乎是一条一条地推翻了我的论断。她曾经羊一般温顺地靠着我的肩膀，在我不停地为她划燃的火柴的光亮中，问我：“你可知道我为什么选择你？”

“不知道。”我极力掩饰自己的得意，声音像是从冰水里传出来的。

“因为你没钱。”我看见透明的火苗在升腾。

“因为你不流俗。”火柴继续燃烧。

“因为我们来自不同的地方。”我的手终于被火咬了一口。

筱阳她不是羊，是狐狸。

（四）

后来，我不得不承认，作为猎人的我表现实在糟糕极了。我们的游戏原本是猎人挖好了陷阱诱捕狐狸，不料狐狸太狡猾。而年轻的猎人又太冲动，他经不住时间和等待的折磨，一跃而起，向陷阱边徘徊的狐狸奋力扑去。代价自然十分惨重，井底的猎人将注定毕生承受狐狸那居高临下的恩赐和嘲笑。为此，我的感情青一块，紫一块。

不过筱阳差点儿过高地估计了我。早在我以孤独王子自诩时，就曾有和几位红颜知己眉来眼去；我“堕落”以后，她们变得格外富于同情心，时常向我伸出救苦救难的小手，但我以为那样只会使我才离虎口，又进狼穴，所以没往心里去。起先筱阳也和我一样，她沿着我那些文字诱导的方向，粗心地把我的成长过程设想成一片纯洁。即使真有善良的同学向她告密，她也坚决捍卫我的清白。

按理我该对她的信任感激涕零，可由于长期的屈辱地位，激发了我“哪里有压迫，哪里就有反抗”的斗志。幸亏春江水暖，筱阳先知，红杏尚未开花，就被她用一曲幽幽泣泣的《梁祝》温柔地掐去了蓓蕾。此后我们的情感热度好似体温表插进白开水，超常规地上升起来。

（五）

不知不觉已到了夏天。那年，我们各奔东西。和同学们挥泪告别，我比想象中反应热烈得多；倒是和筱阳分离，反没了电影里经常出现的悲泣场面。随着一声汽笛拉响，筱阳像海鸟一样，逐浪而去。

三天后，我和母亲出现在故乡的小路上。又过了七天，筱阳向我发来温情脉脉的问候。

我一时还脱不掉大学生的散漫脾性，整天无所事事。又没有勇气辜负家乡人民十几年的教育培养，去投奔筱阳。只好像个钟摆似的，在回忆和憧憬之间荡来荡去。

从筱阳一次次慷慨激昂的号召里，我得知她的生活异常火热，但那不属于我。我继续用文字营造遥远而美丽的梦幻家园，却忽略了它的坚固。等筱阳那些严厉而无情的语言像空袭一样，对过去所有能够留下的美好印象进行地毯式的轰炸时，我发现青春一片废墟，岁月无比荒凉。

我沉默了，不到三个月，接到筱阳的最后通牒。与此同时，我也正式向她宣布投降。她显然没料到我会如此痛快，以至于突然怀疑起我的坚强，害怕我自杀了或者一气之下发誓永不恋爱等。很快我又得到她纯粹出于人道主义的安慰和优待俘虏、准予申辩的宽容。我平静地提笔写下三句话——我没钱，我不流俗，我们不是来自同一地方。至此，长达两年的初恋以失败告终。

（六）

顺便提一下，最后一次见筱阳，我重又听到那曲幽幽泣泣的《梁祝》。它在我的身边像一条缓缓流淌的河。美人鱼曾逆水而上，又顺流而去。

两岸风景依旧耐人寻味。

1993.8.26

我的第一个十年

1999年的头两个月，我决定为自己立传。相书上说，三十而眉生毫者，不过四十。我是在三十岁生日即将到来的日子里，赫然长出两根长眉的。这令我十分不安。

我是一个凡俗之人，本不必提前为往事涂脂抹粉。老人们都说“十岁定终生”，何况我已到而立之年。关于我的第一个十年，怎样为它命名令我费尽心机。说实在的，我真想把题目定为“钢铁是怎样炼成的”，以表达这十年对于我整个人生的重要性。尽管这题目属于保尔·柯察金，属于人类最伟大而壮丽的事业。这和一向渺小琐碎的我相去甚远，但我确实想把它占为己有。我也很想把题目定为“花儿为什么这样红”，它虽不如“钢铁”来得掷地有声，却更符合我遣词造句的习惯。我不可救药地迷恋花鸟鱼虫，悲秋伤春，偏爱柔软缠绵的文字，这病根也同样来自我的第一个十年。太多的唐诗宋词令我身中剧毒，病入膏肓。

我的第一个十年开始于一声毫不特别的啼哭。事隔多年，我母亲甚至回忆不起那一声响亮或者喑哑的啼哭。但我宁愿相信，自己的哭声不同凡响。我降临人世，天生就该是为了开创大业。只可惜三岁时摔过一个跟头，这才害得我至今一事无成。我清楚地记得，那是一个阳光刺眼的正午。我从后街酱园店门口的台阶上摔下来，破碎的玻璃连同我鲜红的血，在我的身边放射出好看的光芒。然后我听到一阵人声喧哗，便晕了过去。我的额头至今保留着那道深刻的疤痕，它是我童年苦难生活的唯一见证。

我生逢荒乱的 1968 年。此后的十年间，发生过不少惊天动地的事情。每天从《东方红》的广播声里准时醒来，公鸡一唱天下白，祖国山河一片红。

与国家经历的动荡相比，爷爷在我两岁那年的死太微不足道了。据说他是一个历史反革命，可我不认识他。记事以后，我也曾努力想象过他的模样。可想来想去，脑海里总是出现连环画上为偷辣椒掐死英雄少年刘文学的地主老头。我显然不愿意承认那个“猥琐”的人就是我爷爷。他死的那天，大雪纷飞，除了一只家养的黄狗门前屋后地乱吠，再没听到过哭喊，没见过眼泪。一道危险关系被他的妻儿们不声不响地解除了。奶奶曾庆幸地告诉我，爷爷死得正是时候，要不全家老少 7 口人，将会因为这个老反动派的牵连，下放到农村去。我们全家得解放啦！我亲眼所见，她说这话时，不停地用苍老的手拍打自己的大腿，那神态使我刻骨铭心，永生难忘。许多年后，我在大姑家无意中见到爷爷唯一的遗照，发现他是个挺帅气的中年男子。他和蔼的笑容一如他的名字——阮善夫，从那时起，他方才生动地走进我绵长的家族记忆里。

当我偶尔回到记忆的起点时，我还知道我出生于远离故乡几百里的泰州。那时，即将临产的母亲为避乱，被迫投奔外公，外公也因此一直讨厌我这不适时的小家伙。由于我父母原属门当户对，外公当然也“不是什么好人”。但他在热火朝天的五十年代，已明智地将工厂全部公私合营给了国家，并附上家里的两张红木座椅，才算结清账目。此后，他始终得到人民政府的关怀，享有劳保，吃穿不愁。

我六岁那年，他从泰州迁居盐城，工资仍旧按月寄来。他还时不时去信诉诉苦，报点医药费。直到他去世，又整整过去了十年。相比我那遭受牢狱之灾、晚年无依无靠的爷爷，他真该打心眼里高兴。

我幼年时的家靠水而建，南来北往的不少风水先生认定那里的地势不错。他们有时路过我家门前，借口讨碗水喝，向我奶奶夸赞一番。她通常不以为然，总是挪着小脚，撇着嘴，告诉那些跑江湖的人：“要说我家将来要大发一场，可不是靠这坏房子。我当年嫁到他们家时，花轿从城门口经过，正遇上城里的有钱人家出殡。那是重财，红白双喜。我那会儿就知道，这钱迟早要像大火烧山一样，旺着呢！”

也有说不好的。城东有个郭半仙，他名气大，奶奶原先挺迷信他。不过，他也翻过一回船。红卫兵“革命”革到他头上，吓得他赶紧将积攒多年的金银首饰和相书卦册埋藏起来。又怕万一永无出土之日，便一一实录，然后把这藏宝图压在屋顶的竹梁上，准备留给后人。不料，藏宝图落入红卫兵手中，家道从此败落。可见，算命打卦的大多数算不清自己的命。他曾不怀好意地对奶奶说：“你家前门正对桥头，后门紧挨码头，桥头镇码头，弄不好会克死人。”奶奶一听，立刻拉下脸，将郭半仙从门口推了出去。二十年后，我属马的姐姐因病去世，奶奶这才后悔地想起郭半仙的话。又过去一年，因路桥拓宽，我家搬去城南。

我家门前的桥叫登瀛桥，是先前城里的大户沈登瀛出资修建的。刚解放那会儿，改名为若飞桥，据说为纪念革命烈士王若飞，“文革”时又改成工农桥，现在仍延用旧名。据古《淮安府志》记载，这盐城八景中就有“登瀛晚眺”，算起来也该好几百年了。夕阳西下，荒坟野冢，激起过很多落魄文人的萧索情绪，那是他们流传已久的抒情诱因。最近刚出版的《盐城地方志》，则用一连串气势豪迈的排比和对偶描绘出另外一番意境：展现在人们眼前的是平坦的柏油马路，四面工厂，烟囱林立。桥上桥下，车船来往；陆上水上，汽笛和鸣。在晚霞之后，桥面灯光照耀如同白昼。这是时代的新画卷，这是人民的新乐章。这巨大的发展成就充分体现了社会主义制度无比的优越性。这样的文字感染力极强。

我已不太记得幼时的桥了，除去一个时常走过桥上的疯子。疯子，人称“小和尚”，他曾极大地摧毁了我对解放军叔叔的无限热爱。听说他是在抗美援朝时，被美帝国主义用大炮吓傻的。我实在不明白，一名身穿绿军装、头戴红五星的解放军战士，怎么能炮弹刚一炸响，居然捂着耳朵狼狈逃窜，躲到一棵大树后。再抬头时，两眼茫然地望着硝烟弥漫的战场，从此便疯了。我总觉得他不像解放军。他真让人伤心极了。大人们倒没觉得，他们时常戏弄他，问他想不想讨老婆，或者让他歪着头唱个小曲什么的。大家都挺羡慕他可以不用挣钱，便能养活自己。

我幼时的另外一些时光在乡下度过。我妈原先在乡村教书，她曾将我寄养在学校边一户刘姓的农民家。那可是真正的三代贫农，我后来一直拥有十分宝贵的温柔情怀以及平民主义。长大以后，我曾去寻访过刘家，刘奶奶已经没了。她的儿孙辈们，大多记不得我顽皮的童年，这令我耿耿于怀。关于那段陌生的岁月，我迟早会找出点蛛丝马迹。没人能容忍自己的故事里，竟会留着一截莫名其妙的空白。

1975年秋，我就读于城西的一所小学。十多年后，我在大学礼堂里，哗众取宠地宣布：“一岁起名叫阮绍刚，十岁便有了初恋的妄想。”其实，我是在七岁入学报名时才定的名。从前家里只叫我“晓岗”，父亲大概希望我能像拂晓的山岗那样，早一点接受更多的阳光照耀和雨露滋润。

而我十岁时的妄想，并非胡说八道，尽管那实在不是一场风花雪月的事。许多年后，我无法用一种含情脉脉的语气讲出这件事，相反只会怀着一份迟到的歉意。这歉意起源于今年刚满九岁的小侄子，不久前他曾指着我女儿的艺术照片，十分鄙夷地斥责道：“真骚！”这话符合他仇视漂亮，仇视女孩的年龄。他讲话的表情和我二十年前完全一样。

二十年前，一个女孩从更加遥远的村庄来到我的家乡。听说她原本来自苏州，很小的时候就随父下放到农村接受贫下中农再教育。后来政策有所松动，一时又回不去苏州，这才和我成为同学。不过日子很短，一年，仅仅一年的同学。我和我的伙伴们都很看不惯她。男生恶毒地称她为“狐狸精”，女生则叫她“骚狐狸”。不少和她偶尔有过接触的同学，都受到了我们无情的打击。那时，她确实被孤立。我忘不了在我“天才”的指挥下，我们不断放弃晚自习的时间，认真开展一些活动。从“狠斗私字一念间”的高度出发，进行批评与自我批评，帮助和互相帮助。从那时起，我已习惯把双手叉在腰间，边说话边舞动右手，画一个弧或攥紧拳头，死命向下一击，觉得自己这样特伟大。

当然，我也必须学会要弄两面三刀的伎俩，搞一点阴谋诡计，特别是那些事关自己清白的问题。我已是一名光荣的红小兵，很快又叫少先队员，以后还要做大队长，先进性才是最主要的。我毫不惭愧地掩盖了一次和她的意外相逢。那是一个星期天的下午，我和她在同一家影院里看了同一场电影——《流浪者》。电影的内容是什么，我早记不清了。散场后，我小心翼翼地走在回家的路上，一直警惕地与她保持着距离，非常有效地捍卫了自己的纯洁。不知她现在是否还记得这样的情景。

在功课方面，我更得迎接她强有力的挑战。长期占据全班第一的我，成了一艘被好胜心鼓胀的帆船，始终与她争先恐后，此起彼伏。直到她真的像一片船帆，重又飘回她的苏州去。我却不知怎的，总也松不下那根绷紧的弦。整整一个青春期，我总能听到寒山寺的钟声，总能梦回杏花春雨江南，总幻想有一个娇艳的女鬼或者狐狸精，陪伴我彻夜苦读。如今我认定她是我初恋的偶像，应该没错。

我那时的班主任是一个威严的女人，提起她，我又敬重，又害怕。小学五年，她常说自己是辛勤的园丁，离开她的亲手栽培，我们将不能茁壮成长。

她还说：一花独放不是春，万紫千红处处春。遵照她的要求，我们在她指定的园地里，每人都有一个比学赶帮的对子。我那时的对子叫雷小耳朵，住在我家桥南残破的茅草棚下，算是苦孩子。每天放学后，我俩结伴而行，这为后来我俩有幸捡到那张崭新的10元大票创造了良好的机会。10元钱，在那个年代，是一个骇人听闻的数字。它动摇了我俩对于拾金不昧的崇高信念，虽然那是老师时常教育我们的。午后放学，我俩从一家杂货店旁的马路上走过，遇到了那张10元大票。经过一瞬间的东张西望，我俩迅速决定将它“吞”了。等我俩鬼鬼祟祟地溜出几里路，在另一家杂货店将钱换零并私分后，两颗幼嫩的心就像煮熟的鸡蛋，沸腾的血液逐渐安定下来。然后我俩怀揣着一份巨大的喜悦，各自回家，把钱交给我们日益衰老的母亲，为近乎饥寒交迫的日子添上一把柴火。可这份喜悦实在太大，弱小的我们根本无法承受。很长一段时间，我俩神情恍惚，如同偷情的恋人，不是窃窃私语，就是眉来眼去，但这并未引起老师的警觉。她还错误地表扬了我俩是一组模范结对，直到我俩的秘密彻底暴露。临近期末的一个傍晚，她将我独自留在办公室，用她威严的目光和“三好生”称号，对我双管齐下，威逼利诱，迫使我尽早投降，向她坦白捡钱的事实。第二天早晨，我匆匆跑到她面前，将家人交与我的 5 元钱极不情愿地送到她手中。她当时表情冷漠，动作迟缓地拿过钱，顺手插进自己的上衣口袋，轻声说：“上课去吧！”雷小耳朵显然比我坚强，他誓死不肯交出他的那 5 元钱，不惜从此沦为差生。而我果真如愿以偿地被评为“三好生”，长期担任学生干部，成为又红又专的典型。很快，我也明白我上缴的那 5 元钱并未流进国库，而是成了她家餐桌上好几天的饭菜。尽管如此，我依旧感谢她。我用这原本不属于我的 5 元钱，从她手中得到了廉价的荣誉。它们浇灌我，补偿我，使我在以后的岁月里“好好学习，天天向上”。

无论如何，这都是一份意外的收获，它肯定令出卖我的人嫉妒得要死。我不知道他是谁，但他应该是我的好朋友。否则，他根本分享不到令我喜悦的秘密。只有一点，他绝对想不到，被俘后的我居然有了“官升三级”的荣耀，而他始终得不到那个道貌岸然的女老师一丝青睐。所以叛徒不好做，做了也不讨好。于是，我格外宽容地饶恕了他这个不够朋友的小伙伴。

我还有不少伙伴，他们大多散居在这座小城里。原先聪明过人的大俊，因为总害怕考不上大学，在他母亲沉重的压迫下，终于有一天，失手打碎了家中供奉的文曲星，从此再没说过一句话。好端端的一块料，就这么废了。一直说要嫁给大俊当新娘的小易，自己开了家时装店。她没嫁给大俊，到底嫁给了谁，我也不知道，好像没过多久又离了。前些日子，我路过她家店前，她将我拉进店里，让我随便挑件衣服，说是送给没见过面的嫂子，神情酷似“豆腐西施”杨二嫂。忠厚老实的万二在国营百货公司当会计，这些年不景气，万二也许下了岗。听说想去南方，是否去了，也没更多的消息。好打架的贾小辫子，后来长得挺酷。先前在大酒店做保安，遇上一个有钱的“假洋鬼子”，跟着走南闯北，很快就发了财。我曾在医院见过他。当时，他正搀扶着他多病的母亲就诊，一脸恭顺的表情，果然是“仓廪实”而后“知礼节”。真正学有所成的是隔壁班的朱小鼻孔，他曾是我晋升少先队大队长的潜在敌手。自从获了硕士学位，他便漂洋渡海而去，拿到了美国绿卡。

他们这些人，都是小学毕业后，和我各走东西的。我自以为找到了一条金光大道，却还是免不了和他们中的大多数殊途同归：在同一座小城里，为了各自或幸福或悲惨的生活，奔波忙碌。

“十年树木，百年树人”，即使真怀有千岁之忧，一百年还是太漫长。二十岁是早晨八九点钟的太阳，三十岁刚到正午时分，称得上如日中天。而我却怀着日落西山的感受，黄昏对于我，已不可阻挡地提前到达了。

我匆忙写出自己的第一个十年，为那个年代里的“天地君亲师友爱”，留下一份完备的交代材料。它既不如怨如诉，也不可歌可泣，但绝对真实。为了自己，也为了那个年代，我没作任何伪证。

1997.5.28

面包，明天会有吗？

张家祎　阮绍刚

人物表（以出场先后为序）

老　板：大学生，自办咖啡屋勤工俭学，二十岁

导　演：某大学学生剧团导演，三十岁

男主角：大学生四年级，学生剧团演员，二十二岁

女主角：大学生四年级，学生剧团演员，二十二岁

女学生记者：大学二年级，校报记者，二十岁

叽叽喳喳：女主角的女伴，二十三岁

招聘者：某公司招聘者，五十岁

米　尼：男主角的女友，二十岁

保卫处人：男，四十岁

女招待二人，学生甲、乙、丙，老外一人

现代舞一人，疯狂舞蹈二女或四女

暗场：一束光打到场中，老板悠然自得地踱入圈中，左右手各执一红一白两个气球，举起。

老　板：女士们、先生们，欢迎诸位光临开业典礼。为感谢您的尊贵光临，五分钟后您将免费品尝到一杯鄙人亲自为您调制的“断魂酒”。噢！不，不……是销魂酒。现在鄙人不再耽误您的时间，尽管我知道您正闲得无聊，恨不得去挠墙根。好，“明天，面包会有吗？”咖啡屋正式开业！

老板手中的气球应声爆炸，小号高音吹奏乐曲一段。

老　板：为了给您助兴，鄙人特地请来了响遍宇宙、誉满全球的女子疯狂舞蹈队为您助兴。来了您，里边请！

疯狂舞蹈队演奏嘈杂音乐三分钟左右。

舞者疯狂跳动到非常放肆的动作时，扮相滑稽的导演上。

导　演：停停！都他妈给我停！（一把揪住老板）你小子还想不想干？我们正等着你排练，你蹿到这儿干起这玩意儿，你还想不想干？

老　板：想干，导演，当然想干。在戏里我演的是仆人，而在这我干的是正宗老板。（老板随手掏出一包烟塞给导演，并叫一个着超短裙的漂亮女服务员上了一杯红色的酒）断魂酒（导演怒了），啊，不，销魂酒。

导　演：嗯！你小子还真有一手。我看今天咱们就该在你这咖啡屋排练吧，你看怎么样啊？台词念渴了还有酒喝的。

老　板：这个……这个似乎……有点太……

导　演：你不是对女主角有点那个意思吗，啊？小子，别忘了那句话：打不了孩子舍不了狼！

老　板：（小心翼翼）哎！导演，好像是舍不得孩子打不了狼！

导　演：几杯破冒牌酒都他妈舍不得拿出来，还谈什么狼和孩子的问题，别扯犊子了！

老　板：好吧！我瞎子害眼——豁出去了，你，你让他们来吧！

男女主角尖笑上场，双方手执面具。

男主角：哎呀，我的导演，真有你的，佩服！佩服！（响亮地一吻导演的脖子）

导　演：注意场合！

女主角：预期目标终于达到，呜啦！

老　板：（疑惑）预期目标？什么预期目标？

导　演：好了，好了，别胡说八道了，现在开始排演了。

男女演员各戴面具，男是有胡子之男性面具，女为漂亮美人面具。老板戴可怜兮兮样面具。

导　演：（努力想）咱们上次排到哪儿了？

男主角：你忘了，导演，就排到斯米尔诺夫向波波娃求婚那儿，你怎么给忘了？

导　演：胡说！我难道能忘？！我是看你们记住了没有。好，就是这场戏。记住，这出戏可是契诃夫，老契同志写的，现实主义喜剧，趋于闹剧。我进行的是新处理，我可不喜欢蛋炒饭就二锅头。好了，这些设想和比喻你们也听不懂，以后有机会再详细说给你们听。

男女主角、老板：（大声地）是！蛋炒饭加二锅头，导演！

导　演：（拉过男主角）你这场戏是向她求婚，懂吗？当然，你原来不是去求婚而是去要账的，所以你刚才跟她打了一架，甚至真刀真枪要玩了命的。但就在你们二人要去用真家伙决斗时，准确地说，是她要你到园子里去，不停地撵你、拿枪逼你的时候，你突然地爱上了她。（男主角插话：我咋那么没羞没臊，吃饱了撑的）少废话！你们还小，根本不理解人的感情，我以前就曾遇到过这类事。

众　人：真的？导演讲讲，讲讲！

导　演：住嘴！你们还想不想排戏了！屁点小事儿都竖起个耳朵，感兴趣以后自己可以试试嘛！刚才我讲到哪儿了？

男主角：她用枪逼你，而你突然爱上了她。

导　演：不是我，是你突然爱上了她！于是，决斗变成了求婚。她（指女主角）开始时整个觉得莫名其妙……（男主角插话：女人嘛！本来就是莫名其妙的动物）坚持要继续决斗，下面就是这场戏，准备好了吗？预备，开始！

女主角：（愤慨，挥动枪）用枪来比武！决斗！

男主角：我要发疯了……我的脑子稀里糊涂，什么也不明白……（喊叫）来人呐，拿水来。

女主角：（喊叫）决斗！

男主角：我发疯了，我迷上你了，像个小孩子，像个傻瓜似的（一把抓住她的手，她疼得跳起来）我爱你，我还从来没像爱你这么爱过，我丢开过12个女人，有9个女人丢开过我，可我爱她们任何一个都不及我爱你这么深。我心醉神迷，情意绵绵，有气无力……我像个傻瓜似的跪下求婚，我已经有五年没有爱过人了，我曾发誓不再谈情说爱。可是忽然间，阴差阳错，我又堕入情网！我求婚了！你答应不答应，啊？你不愿？那就算了！（站起来，很快往门口走去）

女主角：等一等！（女学生记者上）

导　演：等一等，这块停顿时间不够，不够，（指女主角）你得有个心理斗争，也就是意识形态领域的斗争。

学　记：（天真地）太棒了！真是妙语连珠！不愧是导演。

导　演：你是什么人，小姑娘？

学　记：噢，我是报刊的记者，听说你正在排《面包，明天会有吗？》这出戏，探索有关生命、爱情、前途的一系列重大问题，我想就有些问题采访您。请问能耽误你一点宝贵的时间吗？

导　演：我很忙，但你提出了要求，当然可以了。这样吧，你是想采访一下我吧，今天晚上到我的住所去，我们可以详细地谈一谈这个戏的情况，你说好吗？我住在13号楼250号房间。

学　记：（高兴地）那太谢谢你了！我想今天晚上一定精彩纷呈！那我先采访一下他了。（走向男主角）你好！请谈谈你对生命的看法好吗？

男主角：（有些漠然）生命？看法？我？我没什么看法。

学　记：这怎么可能？你每天不都是在延续着生命吗？没看法你还每年浪费那么多大排干吗？噢，请原谅我用了个挺粗鲁的词儿，浪费。

男主角：（一笑）好吧，既然你非得打破砂锅问到底，我就说一说，当不得真啊！听好了：活着就是心跳！再说一遍，我认为：活着就是心跳！

学　记：（不解地嘟囔）活着就是心跳，活着——就是心跳？您这不等于什么都没说嘛！活着可不就是心跳呗，心不跳人不就死了吗？

男主角：（一笑）你就这样写吧：《面包，明天会有吗？》的男主角扮演者认为，活着就是心跳！

学　记：（无奈地耸肩摇头）那好吧，就这样！谢谢你了，为心跳而活的大哥哥，（转向女主角）我真羡慕您的美貌、才气和气质。您知道，我说这话是真心的，我一入学就知道您了。

女主角：谢谢！小妹妹，请允许我叫你小妹妹。

学　记：那您就是我的大姐姐了，大姐姐我可要随便问了。作为一名大学生，你可以谈谈有关爱情的问题吗？

女主角：可以。（沉吟半响）在茫茫的人海里，命运寻找着命运，在茫茫的人海里，心呼唤着心，谁对爱情都有想法。

学　记：说得好极了！那么什么样的小伙子您才能相中呢？

女主角：X，明白吗？X型。

学　记：X，噢，还不知道。太棒了，好一个玄妙的X，说出了我们少女的梦，胜过千言万语。您对大学生恋爱热有什么看法吗？

女主角：青年男子谁个不善钟情？妙龄女子谁个不善怀春？还记得那首歌吗？爱我所爱，无怨无悔，爱是可遇不可求的，欲速则不达，谁笑到最后，谁笑得最好；升得越高，越有金灿灿的大麦穗。

学　记：（惊、喜，不知所以然）太玄妙！太哲理！太猛了！没治了！真的，我好像是听懂了您的话，但也不知到底是听懂了，还是没听懂。

老　板：记者小姐，别再绕口令了。也该让我说几句了。

学　记：真抱歉，让您久等了。您演……

老　板：仆人，也就是侍候人的。

学　记：那好。您就说说您在戏中演的角色，好吗？

老　板：我可喜欢我戏里的角色了。仆人，人民的公仆。噢，不，不是人民公仆，是侍候地主小寡妇的奴才，从心理学角度讲，这也算是个美差。我说得不错吧？别看我在戏里低三下四地侍候人，咱在生活中可是呼呼响的老板，新开张的“明天，面包会有吗？”咖啡屋的老板。您看看这地方、这灯光，多优雅，多有诗情画意，多扑朔迷离！有男朋友吗？带他到这儿来吧！我八折优惠，噢，不，七折。每人给你们来一杯断魂，噢，不，销魂酒，保你们的情感有突飞猛进的发展，关系发生实质性的变化！如果还不过瘾，再来两杯鸟窝咖啡、两份点心、四份五香豆、一斤牛肉干，味道好极了！（愈说愈激动）您来到我咖啡屋，不吵又不闹、不湿又不潮，音乐提情绪，美酒把魂销。喝了咱的酒，见了傻帽儿当好人，见了好人当傻帽儿，您来到我咖啡屋……（众人大笑。女记者笑得捂着肚子蹲在地上）

导　演：停！别他妈卖狗皮膏药了。记者小姐, 您看……

学　记：好吧。麻烦您了。你们接着排练吧，消息明天见报。

导　演：（神秘地挤眼）别忘了，今天晚上……

学　记：6∶00 行吗？13 号楼 250 号，原来你是 250！

导　演：一言为定。再见，再见。（女记下）继续排练，就从要走那儿排吧。

男主角：我求婚了！您答应不答应啊？您不愿意？那就算了。（站起来，往门口走去）

女主角：等一等……

男主角：怎么？

女主角：没什么，您走吧……不过，等一等……不，您走吧，走吧！我恨您！或者，不……别走！啊，要是您知道我多么生气，多么生气就好了！（把枪丢地上）我捏着这个讨厌的东西，把我的手指头都捏肿了。（气愤地揉手指）可是您还站在这儿干什么？滚开！

男主角：再见。

女主角：对，对，走吧……（喊叫）可是您上哪儿去？站住……不过，您去吧。哎呀！我多么生气啊！您别走过来，别走过来！别……

男主角：（走到她跟前）我多么生我自己的气！我居然像中学生那么迷恋，居然下跪……甚至身上一阵阵发冷……（粗鲁地）我爱您！其实我才不想爱您呢！明天就要付利息，而且家里已经开始割草了，现在偏偏又爱上了您……（搂住她的腰）（导演及老板紧张得站起来，虎视眈眈地注视着男、女主角）这件事我永远也不能原谅自己……

女主角：您走开！松开手！我……我恨您！决斗（绝望）！（长吻）

老板等人手执斧头上，口中叫“快快”，见状伤心地喊：“我的天呐！”

导　演：好了，好了，戏排完了，老板，来几杯喝的。（见老板不走）快去呀！看什么呢？（见男主角还抱着女主角不放，导演走上前，阴阳怪气地）戏该收场了吧！你们还有完没完？（导演揪住男主角的耳朵）走吧，你小子！（下）

招聘者上，肩扛“招聘”牌，身穿黑衣服，伴着锣声上。插下牌子，坐在桌子前，背对观众，后脑勺上戴一“冷面”面具。坐定、沉默。

两女生上。

叽叽喳喳：妈呀！就要跟那些该死的招聘人见面了。我现在心里真是直打鼓呀！哎，你说那招聘人长得怎么样？是胖？是瘦？是年轻的，还是年老的？

女主角：你说起话来就刹不住车。安静一会儿就怕别人把你当哑巴卖了不成？

叽叽喳喳：我是有点害怕，说话分分神。真的，我想那个招聘人一定是个年轻的小伙子，长得挺有魅力，和我们女大学生有共同语言，信不信由你。

女主角：他长得怎么样跟我不相干，我感兴趣的是到哪儿工作。

叽叽喳喳：当然相干了，他要是个老头子，我们得装得像个乖女儿，甚至撒撒娇；他要是个年轻的小伙子，我们就得……

女主角：就得怎么样？

叽叽喳喳：你别神经过敏好不好？我又没说怎么样，只不过是想想嘛！

女主角：你还是少胡思乱想，耍小聪明。

叽叽喳喳：你当然不着急了，你长得漂亮，年年拿一等奖学金，又经常写那些“愁啊，苦啊”的东西，学校剧团的头号女主角，追求者成百上千。唉，反正我是没信心了，我都想打道回府了，你肯定行！

女主角：少说两句吧，有话留给你那个年轻的小伙子去吧！

叽叽喳喳：其实他是个年轻的小伙子又怎么样？真不知道上帝怎么搞的，当初选我的模型的时候，他肯定因为挨了老婆的“金光灿烂”，要不怎么把气撒在我头上。我的皮肤这么黑，我又不是去非洲投胎。还有，我妈也不好，她怀孕的时候肯定吃了不少糨糊面疙瘩。我的头脑一天到晚总是糊里糊涂的。

女主角：大概你妈还打过机关枪，要不你怎么老是发连珠炮，你这是搬的哪年的醋坛子，还是先安静安静吧！

叽叽喳喳：你就是“安静安静”，你有把握，你安静，人家紧张，说点话有什么不好。人经过发泄能达到某种平衡，这你还不懂？

女主角：你要是想说你说好了，反正我要静一静的。

叽叽喳喳：你还用定心呀！你的成绩单子、奖学金证书，还有你那动人的脸蛋，哪样不是定心丸？我是一无所有啊。唉，我算是卖给这该死的鬼学校了，每学期就值那么六七十分。

女主角：那你当初干什么了？

叽叽喳喳：当初我也不是没学，不过我有点笨，再说玩得一高兴了，就忘了。其实学也没什么用，你听说没有，现在女大学生没人要，据讲要按比例搭配。

女主角：我看就是你说的。

叽叽喳喳：你不相信？是真的！好多单位男女比例是7：1，他们还是只要男的，不要女的，好像我们女的欠了他们八辈子的血债！要是没有我们女的，那些男的从哪儿来？真像孙猴子那样，从石头缝儿里蹦出来的吗？

女主角：没那么严重！好多单位还是要女的的。

叽叽喳喳：要？要了我们也没用，最多帮他们解决大龄青年的问题。哎，你说中国是男的多，还是女的多？那么多人要生男孩子，结果女的还是那么多。我要是男的该多好呀！

女主角：那你就是男的呗，我一直把你当成个小男孩。

叽叽喳喳：可惜，你不是招聘的，其实女的也不错，只是女的太多了，要是世界上只有我们两个是女的，那我们可就有所作为了。你来招聘我，我来招聘你。现在我真是不管什么单位，只要他愿意要，我就行。我要是长得有你那么漂亮，就去找个个体户，给他当个老板娘也行。

女主角：你别发疯了，那边就是招聘的，我先找公司招聘的，你呢？

叽叽喳喳：我可没你那本事，我去找个工厂算了。我到那边去了，祝你好运。（下）

女主角：（自言自语）好运！好运？我会有好运的，我要向他们证明我这四年没白白浪费了。

走到招聘人面前，面对观众。

女主角：（迟疑）我该怎么称呼他？老师？不行不行，太酸了；师傅？又太俗；叫叔叔，他是我哪门子叔叔呢？就叫老师吧！老师——傅。

招聘者：嗯——我还没老！

女主角：哦！我是想说老师。老师，我是来应聘的。

招聘者：嗯——先填个表吧。

女主角：现在就填吗？我的意思是我们是否可以先谈谈工作情况。

招聘者：嗯——你们大学生就是酸，现在又不是我们公司的人，有什么好谈的。

女主角：老师，我的想法是，我应该先了解了解公司的情况，然后决定是否应聘。

招聘者：嗯——这里有份简报，自己看吧。

女主角：好！（接过报）

招聘者：嗯——现在应聘的大学生很多，我们公司要多跑外勤，女孩子不太合适。

女主角：（一抖）老师，你说女孩子不要？

招聘者：嗯——我也没说不要，是不合适。研究研究再说嘛！

女主角：那我填表格了。

招聘者：嗯——填吧！

女主角：好！

招聘者：嗯——填了表格也别太抱希望。

女主角：老师，你说的不是合同之类的表格吗？

招聘者：嗯——哪会有那么简单的呢！我们是要研究研究的，你回去等消息。

女主角：（还想说些什么）可是老师，这……（见对方无反应，无奈）那我先走了。再见！老师。（下）

招聘者：嗯——我们有好多东西自己还分不过来呢，房子呀奖金呀。要这些不懂事的大学生有什么用？嗯——就选几个女生填表格，反正到最后也是不要。嗯——我可不再待在这里。嗯——

男主角匆匆上。

男主角：眼看今天要招聘，还跑去参加什么生日舞会，并且是个老外，我看米尼她一定是想自己的鼻子也高上一寸了。（四周一看）噫，招聘的人哪去了？都是因为米尼，等她、等她，等到的最终是个迟到，她干什么事总是没有轻重，总有一天我会因为等她等得我一生统统地——迟到。

（看一看表）看来，她是不来了。我还得去找她。

音乐声起，一群人跳着舞打闹着上。

男主角左右找米尼。

老　外：今天是我的生日，就是说四十年前，我出生了，就是说我出生在今天。不！是出生在四十年前的今天，我很高兴。（走到米尼面前）我！可以请你跳舞吗？

群起哄，高叫："Dance！ Dance！"

男主角：Dance！ Dance！我恨不得把你们打死！

大学生甲：哎！你们看！他们要"整——这——个"。（东北口音）

大学生乙：哦？哪——"我先前怯懦的嘴唇变得勇敢起来，便和她的嘴唇像两句诗一样，把韵押上。"

大学生甲：得了，得了！少文绉绉的。"整这个"就是"整这个"。

大学生丙：看！就要盖印啦！

群起哄：噢！整这个。

男主角：太无耻了。（冲上前去，拉开米尼，猛推老外）

老　外：你——什——么——的——干——活？

男主角：什么的干活？揍你的干活。（又推一下老外）

米　尼：你干什么？你这个疯子，你这个傻瓜，二百五，

十三点，大醋坛子，老酱缸，你干什么？

男主角：你一边去，没你的事儿！（正对老外）

老　外：就你一个人？

男主角：就我一个。

老　外：揍我？

男主角：揍你，王八蛋！（又推一下老外）

老外反手一推男主角。两人相互揪了起来，群起哄。

有人高喊："保卫处来人喽。"众散。

保卫处人上。

保卫处人：（面对老外）您怎么样，没事吧？

老　外：您的勾拳很到家，盖了帽儿了。

保卫处人：您请便。(回头对男主角和米尼)你们跟我来。

老外下。男主角和米尼跟着保卫处人转。

“招聘者”换面具，套上红袖章，扛个“保卫处”的大牌子，伴着锣声上。插下牌子，坐在桌椅前，背对观众。

男主角和米尼面对观众。

保卫处人：你们叫什么名字，哪个系的，几年级了，是什么关系?

米　尼：科外系的，米尼，和他毫无关系。

保卫处人：迷你，怪不得迷惑人。

米　尼：不是迷你，是米尼。

保卫处人：你呢？（指男主角）

男主角：赵钱孙，自控系的，自认为是她的男友，狭义的。

保卫处人：自控系的。啊，你的自控能力可真不坏呀！究竟是怎么回事？态度好点儿。

男主角：我和她恋了两年了，现在四年级了。本来今天应该去参加招聘会的，结果她去参加那个老外的生日舞会。

保卫处人：停下，停下。什么叫老外？对外国朋友要尊重些。接着说！

男主角：后来她就和老外跳舞，舞姿和表情都有点太那个了，我看不下去，就打起来了。

米　尼：太哪个了，太哪个了？不错，我和你处过一段时间，可我并没答应做你的女朋友。我会找你这穷光蛋？除了身上的虱子，一无所有！别以为在学校演过几个破戏就自以为是，找个没人地方撒泡尿照照！再说，我和那老外跳舞是正大光明的。如今是讲透明度、亲密度的时代，亲热点有什么？要注意国际影响嘛，让他们以为中国女人还都是小脚老太太，你就高兴了不成？告诉你，不要再白日做梦，夜里吃醋了。

男主角：你——

保卫处人：别在这儿吵，要吵出去，我们要解决问题。你这次打架后果是严重的，主动伸手打人，并且是和留学生，影响极坏……根据目前的校纪校规，你肯定是要挨处分的。

男主角：什么？你们要处分我？

保卫处人：不错，按说你已四年级了，马上要去找工作，但为了让你深刻反省，接受教训，我们还是准备处分！当然，我们的目的是惩前毖后，治病救人，这也是我们的一贯政策嘛！噢，扯得远了，这还属于人民内部矛盾。只要表现好，在发毕业证书以前，处分还可以取消。

男主角：一个月内，先处分，再取消，你们的效率太高了。

保卫处人：你态度好点儿，否则对你没有好处。

米　尼：同志！你们这就算处分他了。

保卫处人：明天当然要发布告了，怎么，你有想法？

米　尼：我干吗要有想法？他这种人不值。

男主角：说得好！我可以走了吗？

保卫处人：你可以走了，还有你，以后也要注意检点检点自己的行为。

米　尼：（怪声）是——

两人在台前转，保卫处人下。

米　尼：这下你应该满意了吧？

男主角：直到今天，这才算你第一句确定的话。也就是说你过去对我从来就没有意思，可你总是不能把门关紧，总要留出一条缝。现在你解放了，其实解放的何尝又不是我呢？我们迟早会再见的，不管我过去对你有过怎样的感情，我们的事儿到底是了结了。

米　尼：你变化得挺快的嘛！刚刚为我打一架，现在就和我分手了，真是会自控呀！

男主角：谢谢你的夸奖，再见。（转身下）

米　尼：（叹气）我又失去了一个解闷的人。大学这四年，我总是那么烦闷，总是希望有个人在我的身边，在我烦闷的时候陪我聊聊天。可他们总是联想丰富，这能怪我吗？其实要怪，就怪这四年，这无聊空虚的四年，像磨石一样，把我们的理想、生命、爱情，还有友谊，都磨破了，破了。也许……

哀婉的乐声，女主角一个人在屋中烦躁不安，时而走动，时而躺下，拿起镜子照自己，又把镜子和梳子丢得远远的。

女主角：（又一次捡起镜子，对镜自语，怨、愤、嘲讽）多么美丽、纯洁、天真的姑娘！多么渴望在天上飞的姑娘！这是你吗？飞上天去会有美妙的奇遇，有潇洒的白马王子和翩翩的舞蹈。你这个无瑕的少女，四年总共做了多少梦，你算过没有？几百个、几千个，或者几万个？你每时每刻总是在梦中徜徉，你穿着最诱人的梦的衣裳。梦中的一切都那么美好和随心所欲，你只需张开幻想的翅膀就可以得到那一切，只需张开你的翅膀。可今天，那个黑色的袍子笼罩了你的脑袋，你飞不起来了，可爱的小鸽子。不管怎么飞，你还是飞不出它的阴影。四年了，你精心训练着，谁不说你高雅、清纯，别具一番风韵，你收到的求爱信摆满了整整一抽屉，真是整整一抽屉，还不算你退回去的。你却总梦想着会有更大更饱满的麦穗在向你招手，那是多么诱人的、有着金子般光彩的麦穗呀！只是它太高太远了，你必须起飞。这本不需要验证，你的羽毛已经足够丰满，你该飞翔于蓝天了。可那黑袍子，不，是只黑色的乌鸦，仅仅一抖那秃秃的翅膀，就把你打下来了，你的心在随着身体下降，不停地下降，进了无底洞，看不到底的黑洞啊，谁能来拉我一把呢？可怜

的人！（抚镜低泣）

叽叽喳喳：（唱着歌上）啊，一年又一年，啊，我们走向明天，哈哈哈哈“夏天夏天悄悄过去留下小秘密，压心底压心底不能告诉你……”（边舞边唱）公主，快为我祝福吧，那个招聘的果真是个小伙子，我简直怀疑自己有特异功能了，没费什么事他就决定要我了，啊啊。他假装成熟地问我（装老腔），“学什么专业的呀，成绩怎么样呀，愿意到我们那儿工作吗”。一串串的提问就像一串串的葡萄，后来就这么七搞八搞的就决定要我了。我说要我什么，他说什么都要，你说有意思不？这小伙子没准还没咱们岁数大呢！女大一，抱金鸡；女大二，不斗气；女大三，抱金砖。咱弄不上个金鸡，总也弄块金砖给他呀！我看他故意压着嗓子提问，憋出一身汗不说，不一会儿就跑了三趟厕所。真有意思，哈哈哈！（突然发现女主角脸色不对）怎么了，公主？有人欺负你了不成？说说是谁，咱们找他算账去。

女主角：没什么，没人欺负我，是只乌鸦。噢，不，我老朋友来了，浑身没劲儿。（稍停）祝福你找到了婆家，广义的和狭义的婆家，真心的！

叽叽喳喳：你的王子找到了吗？一定是王宫级别的单位吧。北京、天津，还是大鼻子满街跑的特区？告诉告诉我，让我也有点吹牛资料。

女主角：（勉强笑了笑）我可是要嫁不出去了。

叽叽喳喳：谁信呀，别逗了！

女主角：走吧，我们去喝几杯，为了四年的友谊和其他一些说不清的东西，好吗？我请客。

叽叽喳喳：我当然很想喝几杯。不过，人家说老朋友来了喝酒不好，再说你平日里最反对我喝酒，说将来嫁不出去呢！改日好吗？

女主角：（突然语气强硬）去喝几杯，我请客。管他嫁得出嫁不出！

叽叽喳喳：（愣了）公主，这……

女主角：你到底去不去？

叽叽喳喳：好吧。（两人下。灯暗）

咖啡屋。柔曼的《爱情是蓝色的》曲子。

老　板：呦，我的爷，您怎么有空儿？大驾光临，快坐，快坐。我不仅在戏里面伺候您，今儿个在生活中也伺候您一次。来白的，还是来红的？

男主角：（闷声闷气）随便招呼，越多越好。

老　板：好嘞，拿酒。（女招待拿酒上。老板和男主角一口气干了一杯啤酒）

老　板：啊，适意，适意！美酒、美人、美妙的音乐，真是妙不可言！

男主角：是妙不可言，妙不可言啊！（点燃一支烟，猛吸了一大口）多棒的音乐啊，名字也棒——《爱情是蓝色的》。哼，不是红色，不是粉红色，更不是黄色的……（又猛喝了一大杯，老板有些愣住了）而是蓝色的！那海水的颜色，那天空的颜色！爱情消逝了，像一江流逝的春水，爱情消逝了。生命多么迂回，而希望又多么雄伟。哼，希望又多么雄伟。法兰西人阿波利奈尔，立体派与未来派代表人物，很久很久以前就告诉过我们。懂吗，老板？（又喝）

老　板：我说我的爷，你这是怎么了？慢点，慢点，不就是和那小妞“猪八戒摞粉——byebye”了吗，再找一个也就是了，没有必要在一棵树上吊死。苏东坡同志早就教导过我们，天涯何处没有狗尾巴草？

男主角：滚，少他妈在这儿给我耍贫嘴！

老　板：哎，我的爷，好心可不能当成驴肝肺呀。消消火，好好喝几杯。我的爷，我给你介绍一个怎么样？哎，你看那妞儿怎么样？

男主角：（一顿杯子）你他妈还有完没完？滚，再不走我动手了。

老　板：这是图何许呢，真是的！我走，我走。（下）

音乐声音更大，灯光变得柔和。旁边暗间有一名美丽少女随乐声起舞，男主角盯着。

话外音：我是怎样的爱你，诉不尽万语千言。我对你的爱是那样的高深和广远，恰似我的灵魂曾飞向九天与黄泉，去探索人生的奥秘和神灵的恩典。不管是白昼，还是黑夜，我爱你不歇，如同我每日吃饭，从不间断。我纯洁地爱你，不为奉承吹捧迷惑；我勇敢地爱你，如同为正义而抗争。爱你以热烈和忠贞，爱你以眼泪、笑声以及全部的生命。如果没有你，我的生命将失去亮光；如果没有你，我的生命将失去激情。假如上帝愿意，请为我作主并见证，在我死后，必将爱你更深更深。

念完后，灯渐亮。

男主角：（沉思中醒过来）在我死后必将爱你更深更深。死后，心不再跳了。活着就是心跳。人们整天地奔波，就是为了让那个拳头大小的红色“桃子”有节奏或无节奏地一收一缩。就是为了让那生命的鼓尽量敲得长些，再长些。我仅仅是一个见习鼓手，一个想成为出色鼓手而又不注重节奏的家伙。我的鼓怎能不敲乱套，最蹩脚的耳朵也能听出它的杂乱无章，杂乱无章得如我心律失常的心。但是，那毕竟是我与生俱来的节奏啊！可憎的人啊，你们为什么要调整我心跳的节奏，让我成为你们手中的鼓，用大棍小棍随意地敲打出你们所需要的节奏和旋律。也许我们会慷慨激昂，也许我们会惨烈悲壮，但这一切都是要付出代价的，那代价就是我们的挨打！谁能知道我胸中那红色的“桃子”，正在被你们挤压变形，它想按原来的节奏，你们却硬让它慢些或快些，它在无声地哭泣。是的，我是心律不齐，也许在某个夜阑人静而又没有月亮的晚上，也许在某个嘈杂喧嚣而又阳光灿烂的中午，也许在某个即将冲破黑暗的黎明，也许在某个粉红色的“纱布”蒙上万物也蒙上我的脸的早晨，我会因心律失调而死去。灵魂静悄悄地告别我很可能还很年轻的躯体，到虚无缥缈处漫游，永远地漫游。但我绝不悔恨，不，绝不。我绝不接受你们那改变我心律的治疗，哪怕是出于善良！人们啊！不要可怜我，不要可怜那无主题变奏的红色“桃子”，因为我愿意、我无悔！人们啊！如果你们真正地爱我、让我活下去，请接受我小小的恳求，唯一的恳求，让它，那红色的“桃子”自由而危险地搏动吧，如花蕾绽放般地搏动吧！（大喝跪下）

女主角：（被叽叽喳喳扶着上场，痛苦地叫着）我是个没有人要的人，我是个嫁不出去的姑娘，哈哈哈！过分的美丽，人们并不需要，人们需要的就是平平常常、庸庸碌碌。哈哈！（唱）“河边红莓花儿已经凋谢了，少女的思恋，一点没减少。”啊！黑袍子、黑乌鸦，展翅高飞的黑乌鸦，比白鸽还美丽诱人的黑乌鸦，嘟嘟嘟嘟飞！嘟嘟嘟嘟飞！哈哈哈！

男主角：公主，你，你这是怎么啦？

女主角：啊，是斯米尔诺夫先生，是我的夫君啊！那个开始向我要账，跟我动枪，最后爱上了我的夫君！哈哈哈，你那次不是没抱够、没吻够吗？来呀，你怕什么呀！让我，再吻你一次！啊，哈哈哈哈，你害怕了不是？

叽叽喳喳：她应聘遇到困难，就喝多了。

女主角：什么应聘呀，你别胡说八道了，是今天早晨，我碰上了一只黑乌鸦，一只挺大挺大的黑乌鸦。他好像还穿着一件大袍子，对，是件黑黑的大袍子，他在我的头上飞呀飞。他肯定是飞得太累了，吃得又太饱了，他放了一大通屁，一大通恶臭的屁，真是响彻云霄，掷地有声啊！像什么呢？对，对，像迫击炮，迫击炮的连放，喀秋莎火炮。（唱）“喀秋莎站在峻峭的岸上，歌声好像明媚的春光。”怎么了，我的夫君，你难道忘了军训你在炮团吗？你们不是看过放炮而没让你们放吗？轰轰轰，轰轰轰，我可是放过爆竹的，我小的时候。啊，二踢脚，小快鞭，麻雷子，叮当叮当，啪啪啪啪啪啪，嘣嘣嘣，天下雪了，好大的雪呀！（唱）“下雪了，天晴了，下雪别忘穿棉袄；下雪了，天晴了，天晴别忘戴草帽。”快过年了，家家点灯，快过年了，家家点灯。（唱）“新春到春风吹绿了杨柳梢，千家万户门窗都打开……”（叫喊）啊，春天！（唱）“让我们荡起双桨……”（男主角、叽叽喳喳唱着唱着泣不成声。童声合唱《让我们荡起双桨》。乐声起，场灯暗，天幕渐蓝，有男女主角，女配剪影出现）

男主角：（深沉）“让我们荡起双桨，小船儿随风飘荡”，小船儿随风飘荡，可是桨不见了，也没有帆，没有风，这叶生命的小舟怎样飘荡呢？小舟啊，你飘向哪里，荡向何方，哪里是你的港湾，哪里是你的故乡，是那无边无际的草原吗？是那无边无际的蓝天吗？是那无边无际的永远的海平线吗？大海、蓝天、草原，没有桨、没有帆、没有风，我生命的那叶小舟啊……

深沉而略带希望的音乐声渐大，天幕渐渐由蓝转红。

画外音：走吧，

落叶吹进深谷，

歌声却没有归宿。

走吧，

冰上的月光，

正从河床上溢出。

走吧，

眼睛望着同一片天空，

心敲击着暮色的鼓。

走吧，

我们没有失去记忆，

我们去寻找生命的湖。

走吧，

路啊路，

飘满了红罂粟。

1989.5.28

遍地呼啸

坚守汉语

该死的汉语，果然令我不能自拔。那些坚固而独立的象形方块，笔画简单，构造复杂。有时哭笑分明，字字有出处；有时又来历不明，越看越不像。它们将注定成为我记忆的城堡，想象的家园。我被迫绕过拼音的沙滩，在一片“点、横、竖、撇、捺”的丛林上，降临并筑巢。我有心收拢灵魂的翅膀，却无力阻止汉语自身的飞翔。飞翔的汉语正载着我穿行所有明亮或者黑暗的日子，载着我无法冷却的血和泪水以及笑声。我因此永远迷恋迷人的汉语。

大学时志同道合的大维夫妇，在去年冬季来临之前，终于抛别了我和汉语，远赴他们梦中的加拿大，到异国他乡的语言里艰难漂泊；始终坚守上海的何刚，也早已从他操练娴熟的英语中，提炼出一大笔金灿灿的美元；还有往返穿梭于北京和东京之间的阿磊，正靠着他研修过半年的日语打工谋生。同学们啊！面对汉语，你们是变了心的情郎，唤不回的浪子。

而我，还是习惯独自在这汉语的堡垒中居住。从“南朝四百八十寺”到“琼楼玉宇，高处不胜寒”，从鲁迅的浙东《故乡》到沈从文的湘西《边城》，我步履从容，身影悠然。闲适的日子散淡而充实，我因此时常捧出丰盛的汉语方言，宴请我诚实的内心。

孔夫子用煎饼卷大葱的山东话低吟“之乎者也”，关老爷用浸透老陈醋的山西话大喝“来将通名”。吴侬软语最抒情，讨饭也能唱出一段《莲花落》。曾几何时，莺声燕语的苏州评弹凋谢了，倒是那偏处南方的闽腔粤调大行其道，一时金曲如云，劲歌如风，很快便席卷了神州大地。

不仅汉语喜怒无常，世界各国的语言也大多扑朔迷离。作为汉语疼爱已久的私生子，年轻而又粗鲁的日语几乎影响了包括中国在内的大半个亚洲；丧失欧洲宠儿地位、优美的法语不得不在都德的《最后一课》上悲壮地撤退；擅长音乐的德国人将歌唱的任务交给意大利语，而德语的好文章全部写进深奥的哲学著作，然后连同经典英语里的莎士比亚们一起，被德语疯子希特勒放火焚烧。

英语分布范围最广，离不开英国的殖民，美国的霸权。甚至西班牙语、葡萄牙语，每一种语言的地域覆盖，都隐藏着无数浓黑的血污和悲欢离合。只有汉语，它的人数最多。

我阅读过历史，历史居然如此荒谬。我凝望着现实，现实展露出更加残酷的表情。生命里的青春、友谊、爱情以及信仰，这些所有曾经描绘过的美好蓝图，一夜之间全都由岛屿变成了帆船，被生活放逐到遥远的海上。

眼看着金钱的外壳正把我武装成世俗的朋友，欲望的野草也开始长满心灵的庭院。理想主义只是一盒小小的清凉油，它扑灭不了我整个躯体里上火的情绪。我不得不寻求一种自我保护，寻求一种盛世里的隐逸，堕落后的补偿。

为此，我用汉语虚构精神的后花园、梦游的目的地，并向未来交出我唯一能够呈现的图景：隐身岁月的天边，一手执钢鞭，拷打人生；一手执黄花，抚慰心灵。

1997.9.5

一场雪

作为癖好，我一心想着一场雪，一场可以下在纸上的雪。我很想知道，她究竟能有几种下法。

让雪下在纸上，下在我们称之为诗歌或者散文的字句上，不是一件简单的事。现在还只是秋天，没有雪。本该属于冬季的一场雪，去年未能如期而至。她绕道云南，在遥远的春城昆明飞临，装点着亚热带高原的风景和生活。当我看到陌生的人们第一次见雪的表情，内心开始为自己着急。对于我居住的小城镇，冬季无雪是致命的。我预感随心所欲的好日子将从此一去不返。

我被迫凭借回忆下一场雪，这本没什么了不起。雪不是新鲜的故事，更不是抽象的词汇。她大多降临在夜晚，老人们说她怕羞；但有时也轻薄地到处招摇，不留任何痕迹，像下过的一场雨。

雪是某种善良的骗子。她掩盖一切美好或者不美好的现场，使整个世界在短时间内达到统一，全然不顾化雪后的狼狈不堪。雪最终会在太阳的直射下，无声地死去。万物回复如初，成为拔光羽毛的白天鹅。

雪会播下不少忧愁的种子，令许多人顷刻衰老。他们颤抖的双唇将变得絮絮叨叨，不断重复他们渴望暴风雪的壮烈情怀。

当然，我也可以利用知识下一场雪。在雪诞生以前，必须进行一次完整的气象预报，这是知识的权力。它引导我步入预约的雪中，带着准备已久的心情，首先遭遇卖火柴的小女孩，在街头面包房的橱窗边上，等她静静地冻死。然后再匆忙赶去六月的元朝，为死去不久的窦娥喊冤。有一点需要声明，我只拥有旁观者的身份，并不能改变这些不断上演的人间悲剧，使后人失去接受教育的良好机会。

知识的雪继续飞扬，意义非同凡响，但她混淆不了想象中的雪。

依靠想象下一场雪，是十足的冒险行为。我坚持看见有人在空中撒盐，而不苟同柳絮随风而起的说法。海水来到天空，被雨带走全部的水分，剩下的盐迟早让人抛撒。想象有人在空中撒盐，比想象天女散花更来劲。盐撒在大地上成为营养，撒在平淡的血液里，使血更腥更咸、更黏稠。

我的想象里下了一场雪，一个冷漠的雪人，高举投降的双手，在无力的阳光里直立，并以芭蕾一样的唯美姿态结束自己疲惫的舞台生涯……

1998.10.3

两个老子

姓阮，不是一件让人愉快的事。倘若又有两个老子，就格外显得暧昧。

阮，作为一种乐器，最先被名叫阮咸的人弹唱。它形状像月琴，有四根弦。现在也有三根弦的，却很少被人弹起。阮，作为一家姓氏，《百家姓》虽榜上有名，但位居百家之外，谈不上什么名气。

北方人念“阮”，和“软”同音，这不符合革命年代的要求。心肠软，还说得过去，充其量也就是小资产阶级，立场不太坚定；骨头软，比喻没有气节的人，专指叛徒，比敌人更坏；而软刀子，则和糖衣炮弹相同，在不知不觉中折磨或腐蚀人的意志，是一件危险的武器。

南方人念“阮”更糟糕，因为不习惯卷舌，和“卵”同音。要是他胆敢伸着大舌头重复问我：“你怎么姓卵？”那表情一定相当猥亵！

我的第一个老子，生活在一千七百多年以前。他叫阮籍，是当时有名的大知识分子。他写过不少好诗，文学史对他评价挺高。后来有了唐诗，人们就不大记得他的作品，议论得更多的是他荒唐古怪的行为。

我老子最擅长翻白眼，许多当时的显赫人物都曾自讨没趣。除了爱弹琴兼打铁的嵇康和不爱说话的孙登，还有隔壁小酒店里美丽大方的老板娘，以及远方一个不幸夭折的少女。这些传闻使他声誉不太好，却伤害不了他。他一直把自己泡在酒里，多少有点死猪不怕开水烫的意味，对险恶的环境产生出以毒攻毒的功效。

我老子最著名的一句话是：“时无英雄，使竖子成名。”这话至今意义不明。没有英雄，就没有吧！反正我老子他算个人物。

八百多年过去后，我的另一个老子出现。他们一共兄弟三人，分别是立地太岁阮小二、短命二郎阮小五、活阎罗阮小七。关于他们的故事，我的同乡施耐庵在《水浒传》中讲得不多。他们没文化，靠打鱼为生，天性刚烈，胆大艺高，身居三十六天罡星之列。因为相信有文化的人，所以被吴用拉去入伙做贼，一出手就和晁盖他们干了“智取生辰纲”的大买卖。宋江掌管梁山泊后，一心想招安，做了投降派。我老子他们虽不太赞成，却又讲不出什么大道理，只好受他们糊弄。在与江南方腊自相残杀的战斗中，阮小二和阮小五壮烈牺牲，阮小七侥幸生还，封了个都统制的官。不过，很快又被罢官，原因是他曾穿着方腊的龙袍游戏了一番，似乎有野心。这让东京的皇上不安，尽管我老子他们骨子里都是些只反贪官，不反皇帝的良民。阮小七回到石碣村，奉养老母，活了六十岁。他们也该算是个人物！

摊上这些个人物做老子，当然很光荣。据说我还有个漂亮的姑姑，她名叫阮玲玉，在二十世纪三十年代的上海滩特别有号召力。她不甘心被人编造桃色新闻，和舆论过不去，结果走投无路，自杀身亡。怜香惜玉的人们，哀婉她的红颜命薄，又编了很多有关她的花边文学，让她死后风光无限，使她也成了个人物。

如今距离我的第二个老子，又过去了八百多年。令我感到惭愧的是，我老子们在与现实抗争时呈现出的巨大勇气，已被我丢光了。我躲在他们飘忽不定的阴影里，勉强延续着家族的血脉，却注定不能传递他们用骨头做成的火把。

这将是我一生最大的悲哀！

1996.5.28

心灵自白书

——电影《无问西东》观后感

五十岁年轮滚滚，
半辈子风尘仆仆。
不恨天意高难问，
独恨人心深难测。

梦回三十三年前，我是“从文从理我大难”的吴岭澜。因为迷信“学好数理化，走遍天下都不怕”的绝对真理，抗拒着唐诗宋词的蚀骨“侵害”，错把青春岁月的坐标定位在上海西南角的梅陇镇上，从此注定漫长人生的方程式最终无解。到如今，一肚子锦绣文章变成拆迁工作中一摊子锦囊妙计，其中的锥心疼痛，几人能懂？

就在一九九零年夏季过后，我被爱情的暖阳和亲情的严霜同时击中。终于没有勇气像沈光耀那样，说一声：妈妈，对不起！我放弃了对南方所有的美好向往，回到苏北小城，收获娶妻生女的幸福日子。而绽放过我生命的上海，也真的成为一片无人摆渡的曾经沧海，每晚用浪花装饰我的梦，用涛声呼喊我的名字。

沉浮职场近二十年，绕城周游达五个村，得贵人相助、友人相容、亲人相扶，一路前行，俨然是个村书记。一时间如龙虾入锅，爆炒而红，成美味佳肴，任人品尝。我曾是怯懦的李想，为了现实的荣耀选择苟且；我也是勇敢的陈鹏，不畏毁灭的绝境托底善良；我更是备受摧残的王敏佳，死而复生！上天没有赐给我年少轻狂，一定会为我留下老来深情。我想告诉你：你在我的黄昏等着我，我用整个夕阳为你燃烧。

世界很美好，世道很艰难。物质极大丰富，到处莺歌燕舞，纸币像桃花一样妖艳，灵魂比菊花更加骨感。眼看满大街都是摇鹅毛扇的诸葛孔明，我再次忘记了自己的珍贵，拿起丈八蛇矛做张飞。不是别无选择，而是不屑选择。我深知自己，相比满嘴仁义道德的正人君子们，我被酒与药石麻醉，有世人欲杀的魏晋风度；相比精致典雅的利己主义者，我挥剑砍向风车，是幼稚可笑的堂吉诃德。

张果果走在人群里的东张西望，焦虑到怀疑整个世界，这是信仰失落的悲哀。他愿意善良，又害怕善良被绑架；他愿意付出，又担心付出被敲诈。他倾力帮助的四胞胎，后来并未成为他猜想中粘连皮肉的四块口香糖，而是饱蘸着感恩之情的四支胎毛笔。这再次表明：即使明知世道很艰难，也要坚信世界很美好！

2018.7.20

关于五四

关于五四，太多的纠结与困惑，让我无从下笔。百年前的群雕，早已被风雨侵蚀，面目模糊。他们曾经光芒四射，如今步入历史祭坛，难以直视，无法诠释。

一、大护法——蔡元培“山平水远苍茫外，地辟天开指顾中”。

前清翰林，德国海归。办学抱定兼容并包，处事坚执中庸之道。蔡元培的北京大学，群星闪耀，大师云集。最先锋的事，中共初创的两座巅峰，“南陈北李”都曾效力麾下；最革命的事，是图书馆里那个讲湖南土话的年轻管理员，后来成就了拯救中国的伟大梦想。

二、总司令——陈独秀“男子立身唯一剑，不知事败与功成”。

思想上有开天辟地之志，政治上无经天纬地之才。永久的新青年，永远的硬骨头。少年反帝制，中年反传统，晚年反苏俄。共产党的创始人，被开除党籍不悔过；国民党的阶下囚，老死他乡不合作。入狱五次，痛失二子，一生独行，一峰独秀。

三、急先锋——胡适“做了过河卒子，只能拼命向前”。

“新文化中旧道德的楷模，旧伦理中新思想的师表。”发端新文化，暴得大名四海扬；坚守旧道德，老妻金莲三寸长；突破旧伦理，白话文学初尝试；创立新思想，但开风气不为师。“二十年不谈政治”，一辈子难逃政治。生前毁誉，上天入地；人间桃李，铺天盖地。

四、独行侠——鲁迅“寄意寒星荃不察，我以我血荐轩辕”。

本名周树人，百年犹树人。人称大先生，是因为他有两个弟弟，一作人，一建人，他们一个比一个高寿。唯有先生，情深不寿。“我一个都不宽恕”，听起来够吓人的。其实文字只是先生的武器。

五、小钢炮——傅斯年“纵横天岸马，俊逸人中龙”。

百年前扛起大旗，走在游行队伍前列的那个胖子，其实是个书生。转“黄门侍郎”为“胡门御史”，是科学的胜利；弃居中调停到归骨海岛，是历史的大势。奈何千古华夏，缺少科学思维；万里神州，书生何以报国。

六、殉道者——王国维“最是人间留不住，朱颜辞镜花辞树”。

是三重境界成就了《人间词话》，还是《人间词话》成就了三重境界？一生事业贯通文史哲，半百岁月定格昆明湖。位列清华园四导师之一，行走南书房四大臣，研究甲骨文四堂号。就在那个拖着小辫子顶着瓜皮帽，缺牙漏齿的皮囊里，居然包裹着美人之心、诗人之魂、学人之智、士人之骨。

七、饮冰室——梁启超“十年以后当思我，举国犹狂欲语谁”。

16岁中举大清王朝，18岁拜师南海圣人。从此公车上书有你，戊戌变法有你，海外保皇有你，拥立共和有你，北洋内阁有你，讨袁护国有你，《新青年》上有你，清华园里有你。无学位，有学问；未流血，常流泪。儿女不凡，弟子不肖，妻妾不群。

八、寒柳堂——陈寅恪“一生负气成今日，四海无人对夕阳”。

从大清王朝覆灭开始，双重遗民身份早已注定。一大半来自文化更新，一小半来自政权更迭。以学术入世，以清流自命，既有大文人的情怀，又有小文人的情绪。“文章我自甘沦落”，以诗证史的人，把历史的线索重又深埋在诗稿残篇中，编制了特殊年代的语言密码，供后人寻章摘句。

九、命名人——罗家伦“纵观海内须眉少，极目天涯涕泪多”。

1918年，一战草草收场。巴黎和会明显分赃不公，战胜国承受战败国的屈辱。《北京学界全体宣言》现场一挥而就，“外争主权，内除国贼”口号一时响彻，从此爱国主义成为青年运动的主旋律。科学给政治让路，民主为民族献身，启蒙因救亡中断。

十、亡命徒——钱玄同“打通后壁说话，竖起脊梁做人”。

与周氏兄弟同出太炎门下，为文学革命甘效犬马之劳。明明端着古文字的饭碗，却发狠要“废除汉字”，发誓“把古书扔进茅坑”。迟到的忏悔，毕竟掩盖不住曾经的锋芒。“桐城谬种”“选学妖孽”的判词，对终结文言文几乎有一枪毙命的神奇功效，却不幸开启过犹不及的先河。

2019.5.4

五子登科

假如新旧世纪之间果真有一道龙门，我宁愿他们跃过去，把他们在旧世纪里放射出的精神之光，变成新世纪天边的第一抹曙色。

王朔的小说

王朔原本性情中人。他既不“俯首甘为”，也不“横眉冷对”。一脸永远的坏笑，歪着脖子撇着嘴，时不时来两句阴损刻毒的京腔痞子调，就能赢得掌声，骗出眼泪，挣到票子，这实在让人疑惑，令人羡慕，招人妒忌。

批判王朔的人少数激于义愤，大多出于投机。他们不惜动用大量悲壮而华丽的辞藻，把自己塑造成孤军奋战的英雄，窃取道德审判的无边权力。

迄今为止，王朔的最高成就是几篇不同凡响的中篇小说。后来的电影电视使他深受广大人民群众的爱戴与拥护，这是他一贯高扬平民主义的伟大胜利。怎奈他忙于清点钞票，耽误了许多创作时间，挺可惜。王朔一直对《红楼梦》耿耿于怀，倒不是因为他不会讲故事，其实他笔下的痞子都是穷人家的贾宝玉。或许迫于生计，或许限于才气，他无力重建大观园。他的小说对任何主题都是蜻蜓点水，从没写出一个发光的女人。

1999 年，王朔干成两件事。出了本《看上去很美》，写了篇《我看金庸》。第一件事再次证明，王朔搞长篇，不行；第二件事提醒世人，王朔还是王朔，什么都敢抡。近来听说他还要“修理”鲁迅和老舍，这么下去，迟早让他侃出个“到处莺歌燕舞”的境界。

伊沙的诗

自从知识分子降临诗坛，诗更像诗了，那是来自屈原的抒情方式。同时，隐藏在文字背后的鬼脸又似乎接近另一种诗歌的血统，或者干脆成为瑞典文学院的远亲近邻，这为他们有朝一日能够牟取历史价值的暴利以及广泛的世俗声誉奠定了坚实的基础，再没有比他们更聪明的。

伊沙的诗很不像诗。他智慧、幽默、直感、简洁、不事雕饰、不落痕迹、大规模口语化的文字彻底改变了人们对于诗的欣赏口味。当代诗歌开始脱胎换骨。伊沙比于坚更蛮横，于坚比韩东更坚决，遗憾的是，韩东的诗感觉最舒服。伊沙过于追求语言的趣味和结构上的奇特效果，一首诗总爱抖出一两个包袱，把诗搞成相声和小品。并且因为承担着知识分子天然的神圣职责，他不仅自己要忙于高唱“大江东去”，更忘不了把别人低吟“杨柳岸，晓风残月”贬得一钱不值。遭遇伊沙，那些当代艳词制造者们觉得无比冤屈。

李敖的杂文

起先我并不知道李敖。那时，《丑陋的中国人》遍地都是。柏杨的酱缸论，一边接续李宗吾的厚黑学，一边继承鲁迅的国民性批判，使许多遗老遗少们头疼不已。直到1988年，我读《千秋评论》时才结识这个更大的英雄，正如他自吹的“五百年来第一文豪”。

李敖的文章大气磅礴，为人作风怪异。他孤傲狂狷，挥笔如帚，横扫五千年文明中的精神垃圾，其战斗力绝非一般的杂文家可比。李敖的血始终在沸腾。即使隔着一条台湾海峡，我依然清晰地听到他的怒吼，依然真实地感受到他留在文字上的灼热体温。这个世界真要少了李敖未免太平淡，太寂寞。

正像人文学者总是爱和王朔找碴儿，李敖对来自不同战壕的盟友也从不客气，不过这应该是留给后人去宽恕的恩怨。近来李敖忙于总统竞选，著作难免粗疏，时而讲几段不雅的笑话，时而卖弄自身的风花雪月，多少有点为稻粱谋的嫌疑，莫非他的血也开始冷却？既然《文明的碎片》真能抚慰崇尚传统的心灵，千秋万岁的独白理应长久回响在大地上。

崔健的歌

1986年5月9日，“小痞子”崔健被人一不小心放出。他身穿大长褂子，挽着一高一低的裤脚，怀抱刀一样的破吉他杀向北京工人体育馆的舞台，中国音乐的摇滚时代就算来到啦！当时，崔健蓬头垢面、衣衫褴褛的“光辉形象”使他成为著名的“牛鬼蛇神”。直到1989年，亚运组委们因为经不住诱惑，贸然为崔健南征北战发放了一份宝贵的通行证，这才使得崔健以及他的摇滚由星星之火，终于转成燎原之势。

摇滚从来都不是什么高深莫测的学问。它是一种公众语言，放肆的节奏、撒野的体态和泄愤的歌词代表着广大的愤青。它曾是资本主义世界的不合作者，如今又做了挑战中国传统文化的新移民。他们始终怀着战斗的情绪，在愤怒和破坏的气氛中脱颖而出。他们是伟大的“流氓”。

《一无所有》至今仍是中国摇滚的最高经典；而美妙悠扬的《南泥湾》经过崔健的重新演绎，也实现了它纯粹音乐上的回归。和他相比，喧嚣一时的西北风显得多装腔作势。用《一块红布》蒙住自己的双眼，告诉听众他看到幸福，这样的行动真恶毒！尽管现在的他早已不再一无所有，至少也该是个百万富翁，还怎么继续搞摇滚?

张艺谋的电影

很显然，张艺谋是中国传统电影的“叛徒”。《红高粱》酿成的时候，中国新时期的电影完全可以庄严宣布：从此站起来了。

只有张艺谋，他总是让电影变得既有内容，也很好看。高粱地里圣洁热烈的野合，杨家染坊中神秘压抑的偷情，乔家大院内围着灯笼打转的成群妻妾，黄土高原上挺着大肚子认死理的秋菊以及破落公子福贵半辈子的苦难人生，这些不愧是老谋子的手笔。作为一个真正的鬼才，他出身于摄影，专职搞导演，兼职当演员，没有不获大奖的，以致有人骂他贩卖民俗，讨好洋人。其实洋人很多，又有东洋和西洋之分，老谋子根本讨好不了。要说从没考虑过评委的流派与爱好，也不可能。老谋子很固执："美国是全世界人民的头号敌人。"真要获了奥斯卡最佳外语片奖，他才肯死心。

可惜他过分迷恋象征手法，又总放不下批判历史的光荣使命，所有的影片无不习惯于依赖文学引路，使电影沦为单一的表现工具，这不符合真正的大师标准。什么时候，他能彻底丢开小说以及散文和诗的拐杖，坚持用电影语言去思考，他就算修炼到家了。

1999.9.30

附一篇:

说王道金

都说王朔骂了金庸，依我看，这纯属媒体操纵的一场虚拟战。金庸当选王朔笔下的四大俗，这不是坏事，王朔本人早就发誓：“哥们儿就喜欢俗的。”

王朔借口躲避崇高，拯救自我灵魂；金庸纵笔弘扬侠义，拯救世道人心。金庸维护传统，王朔煽动背叛，人们习惯称金庸是大侠，贬王朔为痞子，那是现实主义造就的思维惯性。

除了台湾狂人李敖独家揭露过“金庸式的伪善”，北京小子骆爽也全面批判了金庸，认定金庸的轰动效应是中国人长期患有“精神软骨症”的表现。相比之下，王朔更多地从技术角度入手，尽管用笔难免阴损刻毒，但所说金庸自我重复的缺憾基本属实，并且王朔本人与之同病相怜。《王朔文集》雄文四卷，狂妄地宣称：重复即风格。近来他一改文路，写出一部《看上去很美》，结果却落下个看上去不妙的话柄，这肯定让过足了媒体瘾的王朔很失望。选中金庸放一炮，多少也能赚回一点喝彩。至于引起金庸迷们愤怒的回击，这不会令王朔难堪。他毕竟是从枪林弹雨中走过来的，这点风浪算什么？没准你越急，有人越得意，可别轻易上了媒体的当。

面对王朔出招，金庸耍出了太极拳。“八风不动”固然是佛家的最高境界，可真要有八面来风却不那么简单，怕只怕：“不是东风压倒西风，就是西风压倒东风。”金庸回大陆，行的可都是顺风船。

无限夸大王朔文字的杀伤力，不符合王朔的本意。王朔似乎有意捍卫被港台文化占领的文化阵地，显然是犯了自我悲壮的毛病。写小说的王朔、写诗的伊沙、拍电影的张艺谋、唱歌的崔健，那是当今文艺界的“四大刽子手”，他们都曾是亲手“杀死”传统文化的“罪魁祸首”。但愿他们在下个世纪的拐角上，千万别摸错了门。

1999.11.23

一个春天的读书札记

一、拿来主义

1.1 《马桥词典》，典出何处？张颐武一语道出天机：是一九九六年长篇小说创作的“一大奇葩”，还是歪嘴和尚高声念诵西天取来甚至偷来的真经。事关作者声誉，学者尊严，团结在《天涯》期刊周围的学者文人纷纷登场，韩少功也声称保留起诉对方、捍卫自我的权利。可惜，法律可以维护韩少功不受侵犯，但未必能确保文学不被“骚扰”。时间老人迟早会打开所有智慧与财富的洞门，阿里巴巴和四十大盗们最终将无法垄断“芝麻开门”的神秘咒语。

1.2 《白鹿原》记载了半部《百年孤独》。古老的传说酿造着多少天然肥料，神话与色情成为拯救现实主义的有力手段。阴宅风水、灵魂附体、白鹿跳跃的精灵、迷恋亲人的死前托梦、一剂奇特的药方、几次料事如神的掐算以及叔嫂偷情、公媳爬灰等，这些都是我们民族的秘史。当小说中的红卫兵们，挥洒豪情，砸碑挖坟，发现并破译了“天作孽，犹可违；人作孽，不可活。折腾到何日为止”的这段话时，我正站在六百多年前历史的窗口，看明朝刘伯温在天山脚下立碑，上书“我到无人到”五个豪迈的大字。又过了三百多年，大清川陕总督年羹尧来到碑前，轻蔑地微微一笑，抬腿踢过去，石碑应声而断，内刻一行小字“除非后朝年羹尧”。年大将军主宰西北军政多年，不知道黄土高原上的漫天尘埃是否早已淹没了这段离奇的故事，反正水乡平原上的时间之河，还在缓缓流淌，“不舍昼夜”。

1.3　我读曹禺，总也抹不掉来自尤金·奥尼尔的顽固阴影。尽管纵观五四以来，中国戏剧创作者尚无人可出曹禺之右。《日出》的最后一幕，令人时常想起《天边外》《雷雨》中一连串意外的乱伦情节，成了《榆树下的欲望》在中国华丽家族内的再次张扬；而《原野》上飘飘忽忽的凄厉呼号，则始终踩着《琼斯皇》身边鼓声的节奏。一切都是那么的似曾相识，一切又是那么的无可奈何。

1.4　新写实主义的作家群，不约而同地将描述的语境推向民国初年到二十世纪三十年代期间，那是一段令人伤心的陌生岁月。从苏童的《妻妾成群》下笔起，眼看着余华、格非、叶兆言竞相“落水”，一个个故事晶莹剔透，语言华美动人，爱情经典成了阳光下的白玻璃，闪耀着令人想入非非的光芒。我忽然体会到，所谓新写实主义是这样一种流行病，即细节描写真实入微，整体构思胡编乱造。或许这也是许多文学创作的通病。

1.5　只有王朔，敢于为他那不断自我抄袭的雄文四卷——《王朔文集》纯情卷、挚情卷、矫情卷和谐谑卷喊出一句十分漂亮的口号：重复即风格！

1.6 据说马克·吐温曾在某个偶然的机会里，读到一篇令他赞叹不已的短文，以至于产生了叶赛宁《沿着初雪漫步》时的幻觉：“多想在柳树的枝杈上，也嫁接上我的两只手臂。”时隔不久，他居然一字不改地将原文写出，堂而皇之地署上自己的大名而浑然不觉，给寂寞的文坛带来了不少笑意。

1.7 但愿擅长文字“点金术”的能工巧匠，多留点善意的嫁接，少做些拙劣的剪裁，为后来的人们，更为了他们自己。

二、煽情主义

2.1 陈村著文说：“诺贝尔将是中国文学创作永远的痒。”因此，许多文学创作无意叫痛，有意挠痒。怎奈挠痒一事，挠到痒处，着实惬意；挠不到痒处，则痒处更痒，不痒处亦痒，结果浑身奇痒难忍，抓耳挠腮，一副猴急的模样，授人以笑柄。

2.2　北岛明知道瑞典文学院的老院士们汉语水平充其量只能算是小儿科，根本读不懂他那些唐诗宋词的“私生子”。于是输出不成，先搞拿来，翻译芬兰女诗人索德格朗的几首有着瑞典文学血统的作品，从中国人犹嫌朦胧的文字背后，露出一派讨好的峥嵘。

2.3　梁晓声转得可真快！从维熙《大墙脚下的红蔷薇》还在年年开放，叶辛从西南边陲回归大上海，仍有他还不完的《孽债》。毕竟往事的伤口难以愈合，揭伤疤更是许多人共有的毛病，抑或是癖好。

2.4　张承志骑着《黑骏马》，蹚过《北方的河》，在《荒芜英雄路》上，为我们庄严地捧出了《心灵史》。他以呼唤清洁精神、塑造崇高理想、捍卫传统道德为己任，俨然成了当代文坛的“旗手”。不幸的是，他悲壮得如同战斗的“堂吉诃德”，狡黠得就像混饭的江湖郎中。王朔笔下的痞子纵然无聊，却比可笑的“德育家们”

更真实、更合理。科学主义或许患有明显的先天不足，工业文明也无法实现向自由王国的真正飞跃。挽歌唱得再好，旧的体制还是要崩溃的。人类的心灵需要慰藉，时代的理性应该重建，请把批判社会弊端的特权交出来吧！

2.5　文化导游余秋雨，用他20世纪格外沉重的脚步，细心丈量了中国的万里江山和千年历史。为了曾经光荣的人文精神，为了行将衰落的文化道统，他到处凭吊，到处点火。其情可哀，其行可嘉，其文更是可圈可点。中国之大，耗尽他一生也走不完；中国之老，随意跺一脚，就能撼动几个远古的灵魂。从此，余秋雨创造的导游文体，在无数导游培训班的学员笔下，连同思古的幽情一道，不绝如缕，泛滥成灾；散落在历史深处的心灵碎片，因而也洒遍中华大地，一不小心，便会划破你的脚。

2.6　贾平凹有写不完的商州故事，说不尽的山野风流。只因一部《废都》的出现，眼前八百里秦川，身后九十九道黄河湾，笔底万千沟壑，肠中亿万乡民，全都掉进了“□□□□”的陷阱，谁还会计较那是故弄玄虚，或者存心揶揄？

2.7　风中的旗帜受伤了，我们正在告别春天的家园。如果真有一道门可以通向下个世纪，他们的影子将被关在门外，尽管我们知道，那道门背后并非梦的容器，心灵的底座，阳光的目的地。

三、历史主义

3.1　海南出版社选编的《二十世纪中国文学大师文库》，以重论大师、再定座次而轰动一时。小说卷茅盾落选、金庸入围，诗歌卷由穆旦执掌盟主令旗，这些骇俗之举，果然新意层出不穷。企图彻底洞穿历史迷雾，如实再现百年风云，单纯用大师作标尺，远没有文本本身的说服力强劲。单一的筛选方式，难免影响对所有优秀作品应有的公正。如仅以纪弦一人反映海峡彼岸的诗歌成就，而放弃余光中，显然太片面；何况和诗歌散文园地里大师林立相比，戏剧创作的局面简直称得上荒凉。编者自己也不得不承认，戏剧卷除曹禺一人堪称大师，其余皆属配角。

3.2　读鲁迅是自我标榜的本钱，写杂文从不找致命的话题。杂文是先生笔下的武器，先生是后生手中的凶器。先生有恶名，所以做了钟馗，替别人打鬼。然而，身外的鬼好打，心中的恶难除。先生是怒目金刚，却不是阿弥陀佛，嘴上随便念几句，便能使人脱胎换骨、弃恶向善。

3.3　近来，周作人颇有点红得不是地方。有人撰文，暗示周作人做汉奸，似乎接到过组织的指派，并且在其出任伪职期间，曾大力营救了陷入虎口的革命同志。平心而论，周氏散文确有其掩盖不住的光华，夺人耳目，沁人肺腑。可非得让他的文品与人格同臻完美，未免好像过去人唱戏，再苦的悲剧也要缀上一个大团圆的结局，台上台下方才心安理得，岂不太幼稚了？

3.4　作别张爱玲，我开始怀念家乡的枯枝牡丹。张爱玲走红二十世纪四十年代的上海文坛，恰似牡丹“花开时节动京城”的盛况。语言华丽，外表充满了富贵气息；意境苍凉，内心隐藏着无情本色。短时间的灿烂，注定要用一生的寂寞作代价。曾经有过这样一个传说，武则天冬游上林苑，命百花雪地争春，唯有牡丹抗旨不从，遭焚烧，枯枝被人带到我的家乡，经悉心灌注，世上遂有枯枝牡丹，牡丹遂有菊花精神。不知道张爱玲会怎样看待这个传说，笃信享乐主义的牡丹终于要和恪守清高的菊花雷同，这并不一定真是牡丹的初衷。

3.5　关于钱锺书，多数时候我所看到的只是一顶顶巨大的帽子以及绕在帽檐的智慧光环。凭我现在的古文化功底，置身浮躁人生、旋转世界，钱锺书早就成了我生命中一本难以读懂的天书。然而“钱学”依旧不可抗拒地热了起来，尽管很少有人弄清那些钟情于“钱学”

的人们，究竟是为“学”，还是为“钱”。钱锺书一如既往地保持着他冷眼旁观的姿态，我想这是理智相对情感的一种距离和高度。《围城》正是因为这高度，落下个“才胜于情”的遗憾。

3.6　每一颗星都有它固定的位置，他们闪烁在宽容的夜空里，消失在黎明的脚步中。我因此注视这一如既往的星光，感谢那一去不返的黑暗。

四、国际主义

4.1　沿着1500年的分界线，斯塔夫里阿诺斯的《全球通史》被硬生生地切成两半。1500年以前，从古埃及到巴比伦，从印度河到黄河，人类文明的火炬被一一点燃。那时的东方，作为最早接受阳光洗礼的民族，拥有着令人炫目的辉煌。1500年以后，无情的历史把欧洲推向全球霸主的地位。被迫告别世界舞台中心的东方，起先沦为跑龙套的配角，最终成了一无所知的学生、挥霍情感的观众。从十六世纪开始，“海洋主人”葡萄牙、“无敌舰队”西班牙、荷兰的“黄金世纪”、大不列颠的“日不落帝国”，直至第一次世界大战后期，美国人当上“世界警察”，列强们轮番登场。德国曾想侵吞世界，欧洲总想引导世界，美国更想拥有世界，而日本干脆放弃了占领世界的梦想，要大肆购买世界。曾经具备汉唐风度的中国，何以有了血泪情仇的一百五十年？日本也许很小，却像蛇一样，胆敢享用大于自己头颅数倍的美餐；中国也许很大，一座南京城就牺牲了300000个鲜活的生命。呜呼！当中国知识界为一本《中国可以说不》反复鼓吹并系列出版的时候，怎么就嗅不出“说不”这样的词汇，从里到外都洋溢着一股欧化语言的怪味？

4.2　既然《生活在别处》，那么让我们举行一个《为了告别的聚会》，放弃追求《可笑的爱情》，这《生命中不能承受之轻》最终将使我们掉进一个又一个的《玩笑》，没有人会真的《不朽》。正像米兰·昆德拉引用的犹太谚语“人类一思索，上帝就发笑”，人们纷纷声称听见了上帝的笑声，结果只是穿上了皇帝的新装。他们站在人生和历史的拐弯口，总能摆出无数崇高与悲壮的姿态，倾泻着不必要甚至不道德的激情。为了浮在生活表面貌似绚丽实则肮脏的泡沫，可以将沉在生命深处的欲望和冲动堂皇地押赴世俗的刑场。他们是一群轻松的人类投毒者，因为他们已经找到了最美的借口。

4.3　我像经受地震一样，经受了又一场关于加西亚·马尔克斯的阅读。一滴水中看出百年沧桑，一秒钟内听见百年孤独。所有的文字，只是在平静地讲述那个古老大陆上的故事。这种创作方法，将成为我国当代现实主义小说落水后的救命稻草。

4.4　为了彻底轰炸工业文明，摧毁人类幼稚的乐观主义，给未来时代发出一份死亡通知书和回归原始社会的邀请函，卡辛斯基不惜以生命作赌注，和美国政府较了一次手劲。他清醒地看到，在郁结着他仇视技术进步、抗拒文明发展的土制炸弹寄出之前，现代社会早已信息爆炸，思想垃圾和语言尘土伴随着真正有价值的信息，一同掩埋了我们的日常生活。就这一点而言，卡辛斯基故意采用偏激的手段，试图不断吸引世人的关注，为自己的文章最终发表，营造独特的文化氛围和恐怖的社会舆论。然而，18 年的时间过去了，面对那 3 个枉死的灵魂和 23 个受伤的生命，卡辛斯基的残酷和变态丝毫未变，就连上帝也听不到他良心的忏悔。他要制造轰动效应，方法多得很，但不能拿无辜的生命去殉葬，更何况技术进步带给人类的困扰始终与生活的改善同步到达，人类没必要真的回到原始社会去，尽管我们都想朝着那个方向，呼唤一点什么。我个人不会接收卡辛斯基的请柬，除非偶尔在梦中。

4.5　当《尤利西斯》横空出世的时候，意识流也流到了小说史上最为波澜壮阔的峡口。精彩描写手法不能掩饰人类的内心生活，句句可懂的翻译更代替不了通篇晦涩的创作风格。无数文字的暗礁，语言的险滩和结构的迷津，有些出于作者小心的设置，有些来自读者不小心的误解。反正，这是一部不朽的旷世奇作。因此，我总担心，我想逃避与《尤利西斯》的遭遇，想绕过这片阅读过程中的“百慕大”三角区，会不会让我再次失去对于悲剧力量的感受。

4.6　我读劳伦斯的《查泰莱夫人的情人》，有一种抚摸纯粹的感觉。正像劳伦斯描写性爱时所说的，“手指接融处，灿烂若阳光”。倘若离经叛道地说一句，劳伦斯所展现的性爱力量，无疑是人类进化的漫长历程中一种最根本的动力；即使装腔作势地说一句，劳伦斯所描写的现实生活，仍有他不可低估的象征和隐喻意义，郁达夫曾一针见血地作过剖析。许多当局一再查禁这本书，说到底还是出于恐惧，出于对性爱力量的巨大恐惧，但他们将是徒劳的！

五、个人主义

5.1　我喜欢钻进被窝偷看金庸，一入梦便可以从这个世界逃逸出去，跑到他离奇的江湖神话中；我也喜欢躲在厕所翻看《读者》，意味深长的断章、清新隽永的短歌、幽默芬芳的小品，令人一时蹲而忘俗。唯有阅读李敖，我正襟危坐，坐看李敖操笔挥戈，从传统文化的荆棘中杀出一条血路。多少伪君子面具被挑落，多少吃人狂牙被拔光，多少文坛少帅宝座被掀翻。好样的，李敖！八面威风必然招来十面埋伏，四面树敌并未陷入四面楚歌。总有一天，我也会让自己的文章同样弥漫着狂飙性格、浪漫情怀和唯美气质。

5.2　上海有个沙叶新，巴蜀出了魏明伦。魏明伦自称“一半委、一半鬼，姓氏注定委身于鬼”；沙叶新“化名少十斤”，可见他一心想砍去身上的左一半，剩下的便成“少十斤”。两人均属身材矮胖类，操刀乏力，握笔有术，于是都写戏，又兼写杂文。魏明伦说《巴山鬼话》，沙叶新出《阅世戏言》，戏言不戏，鬼话捉鬼。要说两人的幽默很相似，我可不敢苟同。魏明伦偏辣，少吃一点就开胃；沙叶新偏甜，多吃一点就腻味。

5.3　我两岁半的女儿听故事，总是冷落了童话大师安徒生，她更爱听千篇一律的《格林童话》。嫁给王子的灰姑娘，杀死大灰狼的小红帽，还有白雪公主和七个小矮人，全都成为陪伴她童年永远的朋友。每当听到《卖火柴的小女孩》，她便跑得远远的。她幼小的心灵，天生拒绝那一场残酷的雪。她肯定在盼望，雪地里会真的走出一位英俊的王子，用白马将又冷又饿的小姐姐接走，接到她梦中的天堂去。安徒生也许涉世过深，用心太苦。《皇帝的新装》与其说是一则童话，还不如说是一篇寓言，一篇挖苦人性、嘲弄现实的寓言。许多成年人是否真正读懂了故事中的每一个角色，我深感不乐观。人类爱护善良、追求完美的本性与生俱来，因而也不可抗拒，这是我们值得欣慰的。

5.4　八年前，莫言酿造的山东高密乡红高粱酒，经张艺谋和柏林电影节上的几个洋人强行注输，在中国人即将干涸的血管里奔涌起来。酒神精神一时成了许多人激活生命的原动力，尽管他们并没有真的“喝了咱的酒，见了皇帝不磕头”。而那时的我，却不知怎么就迷失在一场《太阳雨》中。从《你不可改变我》到《爱人啊，在路上到处都有》，刘西鸿把白花花的阳光和淡若丝雨的哀愁带进了我的世界。很遗憾此后再没读过她的书。今年春天，意外看到《海外中国女作家丛书（红罂粟海外卷）》，才知道她去了法国。再读刘西鸿，仍旧有说不清的感动。我想这纯属我的一己之私。她是一株真正的“红罂粟”，曾在我走过的青春之路上飘摇过，如今又生长在我矗立如崖壁的书橱缝隙中。面对森严的大师们，她美丽而有毒，“却不带一点儿世俗的灰尘”。

5.5　是谁戳穿了三毛？三毛的文章耐读。三毛的生命可怜。当她躲在撒哈拉沙漠深处，嫁一个外国小男人，用清新自然的文字，精心编造出独特的自我神话时，人生因此多了一种新的活法，世界因此多了一种值得选择的价值，文学因此多了一种表达方式，读者因此多了一种梦想。考证三毛故事的真实性，如同考证《圣经》和上帝一样，注定是没有结果的。戳穿了三毛并不可怕，可怕的是那些戳穿者的本来面目。谁来戳穿戳穿者？

5.6　有一本书，由于时间和情感的隔膜，我已很难想象它居然可以令一个擅长抽象思维，不断贡献哲学家与音乐家的民族，一夜之间成了可怕的纵火犯。它曾是疯狂年代的纳粹“《圣经》”，它更是苦难岁月的罪行实录。那个写书的人，起先抱怨历史，终于践踏历史。书是蘸着无数鲜血写成的，每一个字上都躺着 125 个无辜的生命。它的种族优越论毫无科学上的依据，但是那个民族相信了；它的政治独裁体制根本违背了已建立百年的民主传统，但是那里的人民就范了；它的军事占领及武力统治手段残酷到令人发指的地步，但是那里的刽子手出现了，并且绝不止作者一人。顺便说一句，这本书的文字正像它的盗版印刷一样，笨拙粗劣，错误迭出的排版连同生硬说教的语言如同一堆乱石，遍野荒草，令人不堪卒读，它就是《我的奋斗》。

5.7　阅读是一场危险的游戏。当我为某个意念倾心时，我是阅读的俘虏。当我为某种观点侧目时，我是阅读的叛徒。我掩卷，历数心灵的城头旗帜变幻；我提笔，高喊思想的防线“给我顶住”。我时而一往情深，时而反复无常，正像今年春天一样，阴晴不定，难以捉摸。

1996.4.1

漫天烟花

进入玻璃

只是为了进入玻璃，我看见银色的双手
在玻璃中游走。如同月光回到水底
我回到空寂的梦里

我将看见玻璃进入手中
就像闪闪发光的鱼群
在温热的血液里，我听到它们
碰撞心脏的声音
细小的花朵开满我的伤口

我是一只受伤的手。进入玻璃

拥有那束凝聚的光芒
造梦让我成为唯一相信梦境的人

和梦境唯一的守护神
我用脆弱的玻璃声抒发爱情
我在透明的玻璃上刻划诗句

只是为了进入玻璃，我的伤口开满花朵

1990.7.23

靠近桌前

靠近桌前

靠近流走桌面的阳光

靠近桌边的一种梦幻状态

靠近我往日的诗作

靠近音乐

靠近绕梁而转的音乐

靠近几句歌词

鸟落在有风的桌前

歌词成为别人头上的发

黑而飞扬

靠近桌前站立

我是这样口含幽香的一株水仙

1989.3.27

不再永恒

爱情纷纷而落
那些用水写成的诗
被阳光穿透

我枯坐如黄昏
随之而来的夜晚
不会有我悬挂的位置
不会像星星
用橘色一样温暖的光芒
照亮我植树的庭院
母亲在树下凋零

爱人在枝头绽放

携一把黑色的雨伞，一朵
黑色的花
是谁深入夜晚
是谁溶化了最后的宁静

眼睛像两尾透明的鱼
在皱纹里游
走

1989.9.25

孤　独

孤独

是太阳

穿过墙孔

一

根

截

不

断

的

光

棍

1988.10.5

金　属

冰块浮出水面

浮在眼睛里　一九六八年五月二十八日

我浮在金属上　并不因为

泪水

金属响起　那声音支配我一生

如同炉火使金属珍贵

爱情使我纯粹

发光的金属不再柔软

铁铸成宝剑　挂在腰间

铜磨成明镜　悬在头顶

金子沉入海底　供老人们回忆

银子种在天上

让孩子们惊讶

1991.1.22

桌上的橘子

我有几种情绪
桌上就有几只橘子

橘子放在桌上
不是挂在别人的枝头
也不是放在自己手中

我用热恋的眼睛注视橘子
我热恋的双手
无法抚摸橘子

橘子的外表
曲线完美
内心层次分明
每一瓣都藏满秋天的阳光

我看见橘子
如同看见我成长的过程
它们把村庄的气息
带到我的桌上
把晴朗的天空带到我的诗歌中

我的诗歌因此像花
在桌上盛开
橘子也因此像果实
在我的心中坠落

我会把橘子当作鸟儿

它们无法在清晨飞翔

我也会把橘子当作爱人

它们夜晚的光彩里

没有温暖的流水

它们注定远离尘埃

远离孤独的家园

来到我的桌上

成为橘子

1990.12.10

想起蝴蝶

你从初春的枝梗上
伸出嫩芽般的双手
雨水酿成的美酒
被你捧起并啜饮
只一口
便醉了我的季节

你闪光的肌肤里
蓝色的血液穿流
载着夏天全部的阳光
载着你起伏不定的忧愁

只一滴

便绿了我的眼眸

你以悲伤的舞姿

作别远去的深秋

冬日的明亮

把你的翅膀染成黄金

只一颤

便搅了我的宇宙

你飞行的弧线曾经优美

空气被泪水打湿

使你的双翅格外沉重

你用一只翅膀

停泊一个千年的梦

我因此迷惑千年

你用另一只翅膀

播种一个万古的传说

我因此痛哭万古

2014.11.25

咖　啡

正像茶叶
来自一枚嫩芽
你来自一粒果实
黑得发苦
苦得飘香
喝茶的习惯
纷纷改喝咖啡
即将成为时尚

爱你的人们
所以不甘心

你在街头贱卖

他们掏空口袋

到处修建

金碧辉煌的

咖啡馆

并不断制造浪漫

为无产阶级

努力催情

替资产阶级

拼命挣钱

美丽的罂粟

造就一支吗啡

而你只是一杯咖啡

你俩并非

由于翻译的缘故

方才成为姐妹

据历史考证

咖啡本来就是

让羊群发骚的

一剂春药

2004.6.22

外公的故事

烟燃到半截时
他曾是个荒凉的男子

有一双眼睛从背后看了他多年
许多年前
他从古渡口渡去
织不完的布匹裹紧外婆裹紧妈妈裹紧小屋的盼望
妈妈总是说
那时的织梭很响很响

远方的他也很响很响

他是唯一渡回的男人

女人们都哭了

哭声模糊着屋前屋后的土地他相信

他成了渡口的老槐树

老槐树开满他的回忆如冬季的雪

只一片

落在他的头顶开始融化

头发

由黑变白浪潮般退去

渡口依旧是摆渡的地方

和他一同远去的爷爷再没回家

后来妈妈嫁给爸爸

他说他该搬走

他便搬走青青的藤椅青青的拐杖

故事留给捡花瓣的孩子们

他早知道

天黑了孩子们会走的

没人看见他最后一次走过渡口

土堆上的小屋关上窗关上门关上他落叶的一辈子

1988.3.15

故乡记忆（组诗）

瓢城序言

据说远古的家乡酷似停泊在海上的一只破瓢，因此得名瓢城。

当故乡移到水边，淘金的河便会从村庄的身上流过
湖泊停在家的周围
我缓行水上，遥望不远的古城扬州
如同灯笼，被人挂在风中

雨季来临时水上漂满小船

就像白天走过的车马和夜晚的星
水荡深处正长满芦苇状的女人
那些白头的女人们
细细的腰肢刺伤了许多穿梭南北的过客

任凭故乡毁于几场战火，受难的亲人
爬上抵挡风浪的堤岸哭泣
村庄是一只残缺的瓢
母亲居住其中，顺水远去
我预感乡愁的歌将要开始传唱

九月的黄昏一片寂静，流落他乡的
孩子们持瓢乞讨
善良的人啊！注定被感恩的心情击伤
他们逃回靠水的家园

逃回用水栽种多年的稻穗中间

等待成熟与收割的季节到来

1990.10.13

寻访西溪

西溪董永相传曾与天女结为夫妻，给后人留下一个美丽的神话。

看看这祈盼究竟复制过多少回

故事总离不开你和他，他穷困潦倒

令你无比痛心

抛别威严的天空
你走在生长苦难的土地上
音乐般飞舞的裙带一尘不染

你是上天真正的女儿，手指
拥有神奇的法力
时光的栅栏支离破碎，像残留的记忆
聚集起来，被你点石成金

你曾走遍江南的山山水水，把风景
绣成迷人的锦缎
你从千里之外为修筑长城的人送去寒衣
你古塔巍巍，倒毁在西子湖上
你是七月初七鹊桥仙
你扇动起一对精美的蝴蝶翅

后来你成了民谣，成了戏文
和唱戏走天涯的艺人一同承受辛酸
我们见过你滚动的眼泪

开花的槐树等待着你，更大的雷电
也等待着你
在你远离凡俗生活的日子
在幽古的银河两岸
生生不息的世人向你凝望至今

1991.1.27

枯枝牡丹

便仓牡丹，花朵肥硕，枝干焦枯，系元末卞元亨所植，堪称奇观。

一朵花经受过焚毁，遭遇过放逐
残留的芳香散落在大地的缝隙
面对北方，她偶尔捧出初冬的苦笑
远处的人群带着尘埃和热泪
为她举起呐喊的竹篮

她这唐朝的王妃，被人用雪掩埋
用赞美捣碎，用爱情以及怀念的方式保存
光阴似电。马队和车辇倒仆在洛阳城下
美丽依旧需要一种疼痛的精神
需要诗歌与传说的精心浇灌

而我彻夜无眠的梦想正顺着手指
朝着空旷清贫的日子缓慢流淌
洗涤她、明净她，也终将淹没她的梦想
好比永不凝固的纯水与血液
在我灼热的体内，开始艰难地沸腾

那么，就让我和牡丹一起开放吧
以同样富贵的脸庞，同样憔悴的姿态
在告别秋季的风雨后重叠
并摇曳。起舞的身影
成为所有后人唯一向往的心情

1991.4.21

范堤烟雨

北宋范仲淹在此为官，曾筑堤拦海，成为现在国道的路基。

用一千年的时间，他让海水怅然退去
把车水马龙的梦想还给海堤
银色的繁华年代迟早会来
只有烟雨依旧凄迷，疲惫的目光依旧凄迷

忘却沧海桑田，他送我回到飘摇的宋朝
回到他金戈铁马的仓皇岁月
回到碧波浩渺的洞庭湖上
回到一幅久已失落的巨大画卷里
回到他真正的绝唱中

回到他的燕然山下，羌管悠悠，寒霜满地

石刻的名字一片狼藉

除了酒还能化作相思的泪水

一滴一滴，顺着他嘴角的微笑

留下曾经穿透的伤痕

于是海水浸泡过的土地

细细的盐碱开出花朵

直到倾盆的雨季提前结束，我看见

芦苇倒仆，麦田涌现

去布满泥泞的滩涂感受告别

去阳光下品尝苦涩的麦粒

麦田啊！我找到了这命中注定的家园

终于令我双膝跪倒

1990.12.19

陆祠沧桑

陆秀夫，南宋末一个沉重的姓名，城南建有陆公祠，供后人凭吊。

去风暴中点灯，去大火中洒水
去凝固的海上撞击出浪花
那个忧患一生的男人
早就把梦做完，把爱情揉碎
把自己写成受伤的诗歌

南方骄傲地死去，如同故土沦陷
冰冷的血终于无家可归
我在大地上找到他们流淌过的脚印
花瓣一样的脚印
像黑暗中的向导，停留在历史的刀口

江山背在肩头，庙宇建在身旁
落魄的英雄遍地行走
他们听从后人的规劝与安排
栖息在陈旧的瓦檐和砖木殿堂之间
简单的信念覆盖了瞻仰者的表情

更加苍白的太阳滚过头顶
时间是我们无法钻探的冰矿
遥远的城门面对废墟，豁然洞开
把钟声再次引入寂静的内心
有谁能够倾听我们真实的哭泣

1991.2.10

跋

感恩岁月见证。书稿既成，这些记录我心灵成长的年轮图谱也就此固定。面对不断远去的时光，我只想抚摸一些真实的灵魂，而不是为谁掂量收成，为谁祈盼丰收。薄宦三十年，微吏犹一枚。真正令我心有不甘的是我大学时代的文字大多散佚，其中最揪心的是话剧《你将接受审判》剧本不翼而飞。那是我在告别学校前的最后一学期，将自己接连三天关在图书馆里，蘸墨水、啃面包写成的。夜色深沉的时候，我在一间无人的教室高声诵读，不料激情饱满，青春飞扬，终于没能管住鲁莽的右手，一拳击向窗口玻璃，为那份文稿洒上不少桃花印迹，而我的右手被缝 10 针，无名指因为清洗不彻底，留下一粒晶莹剔透的细渣游走体内，直到十多年后方才游出我的身体。如今，曾经寄居我血肉之中的玻璃微粒和我呕心沥血写成的剧本原稿都早已不知去向，只剩我残缺不全的记忆。

感谢命运承载。上海梅陇路 130 号，是我的母校华东理工大学，从 1986 年开始就注定将笼罩我一生。那年正赶上全国办理第一代身份证，我的号码因此从 310104 起头，这与我原籍的编号明显不同。后来，尽管第二代身份证号码从 15 位增加至 18 位，居住地址也又转为家乡，起头的 6 位数却始终未变。而更加令我无法忘怀的是那四年的波涛滚滚，自传小说《青春劫》从毕业 20 年回校后就已动笔，写写丢丢，才 10 万字不到，令我怀疑自己是否真有把它写完的能力。今年毕业 30 年回校活动受疫情影响，未能成行，那份作业可以延期交出。先弄出这么个三节棍似的东西，多少有点不伦不类。赵老师不嫌谫陋，笔墨相携，这缘分也可追溯到1986年。那年10月，学校举办大学生文化艺术节，赵老师为我们开过讲座，我曾现场受教。

感受同道温暖。气象预报早就提前告知人们，今年的寒冬特别长，也特别冷。新冠病毒疫苗尚在研发之中，气温下降是否会再度激活耐寒的病毒，这是我真实的担忧。大面积社会停摆估计不会了，所以这个冬天不会太好过，但也不会太难熬。我的书稿应该很快会付印，这一切都是席殊书屋的黄隽与姜涛夫妇造就的。席殊书屋是万家灯火中最亮的那盏灯，是我和许多人经常抱团取暖、聚众纳凉的地方。它是生命悬崖中孤独向上的一棵老树，是世俗壁垒里顽强生长的几丛绿意，是灵魂荒漠中坚持不朽的千年胡杨。至今没能为席殊书屋写出一段像样的文字，令我十分抱愧。不敢轻易下笔，一定是心中有着非常的崇敬。

最后还请允许我为自己的爱人李红瑾和女儿阮沐颖

感动，是她们的陪伴与支撑，让我有勇气将这份文字公之于众。

2020 年 12 月 4 日　凌晨